O NÁUFRAGO

THOMAS BERNHARD

O náufrago

Tradução
Sergio Tellaroli

2^a *edição*
6^a *reimpressão*

COMPANHIA DAS LETRAS

Copyright © 1983 by Suhrkamp Verlag
Frankfurt am Main

Título original
Der Untergeher

Capa
Victor Burton

Imagem de quarta capa
Thomas Bernhard Nachlassverwaltung GmbH

Preparação
Márcia Copola

Revisão
Andressa Bezerra da Silva
Arlete Sousa

Dados Internacionais de Catalogação na Publicação (CIP)
(Câmara Brasileira do Livro, SP, Brasil)

Bernhard, Thomas (1931-1989)
O náufrago / Thomas Bernhard ; tradução Sergio Tellaroli. —
2ª ed. – São Paulo : Companhia das Letras, 2006.

Título original: Der Untergeher
ISBN 978-85-359-0851-0

1. Romance alemão I. Título.

06-3517   CDD-833.914

Índice para catálogo sistemático:
1. Romances : Literatura alemã   833.914

Todos os direitos desta edição reservados à
EDITORA SCHWARCZ S.A.
Rua Bandeira Paulista, 702, cj. 32
04532-002 — São Paulo — SP
Telefone: (11) 3707-3500
www.companhiadasletras.com.br
www.blogdacompanhia.com.br
facebook.com/companhiadasletras
instagram.com/companhiadasletras
twitter.com/cialetras

O NÁUFRAGO

*Um suicídio calculado com grande
antecedência, pensei, e não um ato
espontâneo de desespero.*

Mesmo Glenn Gould, nosso amigo e o mais importante virtuose do piano deste século, não passou dos cinqüenta e um, pensei ao entrar na pousada.

Só que, ao contrário de Wertheimer, ele não se suicidou: teve, como se diz, *uma morte natural.*

Quatro meses e meio em Nova York, e sempre as *Variações Goldberg* e a *Arte da fuga*; quatro meses e meio de *Klavierexerzitien*, como dizia Glenn Gould, sempre e somente em alemão.

Há exatos vinte e oito anos, moramos juntos em Leopoldskron e, ao longo de todo um verão arruinado pela chuva, estudamos com Horowitz, com quem aprendemos mais (o que se aplica a Wertheimer e a mim, mas, naturalmente, não a Glenn Gould) do que nos oito anos anteriores de Mozarteum e da Academia de Viena. Horowitz transformou todos os nossos professores em zeros à esquerda. Mas esses professores horríveis haviam sido necessários para que pudéssemos compreender Horowitz. Durante dois meses e meio, choveu sem parar; ficamos trancados em nossos quartos em Leopoldskron, trabalhando dia e noite, e a insônia (do Glenn Gould!) se transformou num estado crucial para nós; à noite, estudávamos o que Horowitz nos ensinara durante o dia. Não comíamos quase nada nem jamais sentimos as dores nas costas que sempre nos atormentaram nos cursos com nossos velhos professores; estudando com Horowitz, as dores nas costas não apareciam, e isso porque estudávamos com tanta intensidade que era mesmo impossível que aparecessem. Terminado o curso, ficou claro que Glenn era já melhor pianista do que o próprio Horowitz; de repente, tive a impressão de que Glenn tocava melhor do que Horowitz, e, daquele momento em diante, Glenn passou a ser para mim o virtuose do piano mais importante no mundo todo; de todos os muitos pianistas que ouvi a partir de então, nenhum tocava como Glenn, nem mesmo Rubinstein, que sempre amei, era melhor do que ele. Nós, Wertheimer e eu, estávamos no mesmo nível; ele também dizia sempre que Glenn era o melhor, embora não ousássemos ainda dizer que era *o melhor do século*. Com a volta de Glenn para o Canadá, perdíamos de vez *nosso amigo canadense*; não imaginamos que voltaríamos a vê-lo algum dia; estava tão possuído por sua arte que só podíamos supor que não agüentaria viver naquele estado por muito mais tempo e que morreria em breve. Contudo, passados dois anos do curso que havíamos feito juntos com Horowitz, Glenn tocou as *Variações Goldberg* no Festival de Salzburgo, a mesma obra que, dois anos antes, exercitara e estudara conosco dia e noite no Mozarteum. Depois do concerto, os jornais escreveram que *pianista algum* jamais havia tocado as *Variações Goldberg* com tanta arte, afirmando assim, depois do concerto de Salzburgo, o que nós já sabíamos e tínhamos dito dois anos antes. Para depois do concerto, havíamos combinado de nos encontrar com Glenn no *Ganshof*, em Maxglan, uma velha pousada de que eu gostava muito. Bebemos água e não falamos nada. Sem hesitar, eu havia dito a Glenn ao nos reencontrarmos que nós, Wertheimer (que viera de Viena para Salzburgo) e eu não tínhamos acreditado nem por um momento num reencontro com ele, Glenn: sempre tínhamos achado que, depois do retorno de Salzburgo para o Canadá, ele sucumbiria sem demora, graças a sua *obsessão pela arte*, a seu *radicalismo pianístico*. De fato, foi essa a expressão que usei: *radicalismo pianístico. Meu radicalismo pianístico*, Glenn passou, então, a dizer com freqüência, e sei que também no Canadá e nos Estados Unidos ele seguiu empregando essa mesma expressão. Já naquela época, ou seja, quase trinta anos antes de sua morte, inexistia um compositor do qual Glenn gostasse mais do que Bach; em segundo lugar vinha Händel; Beethoven, ele desprezava, e mesmo Mozart já não era aquele que eu mais amava quando *Glenn* falava sobre ele, pensei ao entrar na pousada. Glenn nunca tocou uma nota sem cantá-la junto, pensei; nenhum outro pianista jamais teve esse hábito. De sua doença pulmonar, ele falava como se se tratasse de sua segunda arte. Tivemos a mesma doença ao mesmo tempo e prosseguimos com ela, pensei, e, em última instância, também Wertheimer adoeceu dessa nossa doença. Mas Glenn não sucumbiu a essa doença pulmonar, pensei. O que o matou foi a falta de saída em cuja direção ele *tocou* sua vida ao longo de quase quarenta anos, pensei. Naturalmente, não desistiu do piano, pensei, ao passo que Wertheimer e eu desistimos, porque não transformamos o tocar piano na monstruosidade que isso se tornou para Glenn, uma monstruosidade da qual ele nunca mais escapou e da qual, aliás, nunca teve vontade de escapar. Wertheimer leiloou seu *Bösendorfer* no Dorotheum; eu, para não ser mais atormentado por ele, doei meu *Steinway* à filha de nove anos de um professor de Neukirchen, nas proximidades de Altmünster. A menina arruinou meu Steinway em pouquíssimo tempo, um fato que não me provocou dor; ao contrário: observei aquela destruição estúpida com um prazer perverso. Wertheimer, como ele próprio sempre dizia, enveredou pela *ciência do espírito*; eu dera início a meu *processo de definhamento*. Sem a música, que da noite para o dia passei a não suportar mais, eu definhava — sem a *prática* da música; a *teoria* tinha sempre produzido em mim, desde o começo, apenas um efeito devastador. De um momento para o outro passei a odiar o piano, o meu próprio; não podia mais me ouvir tocar; não queria mais *errar*. Um dia, então, fui visitar o professor, a fim de anunciar meu presente, meu Steinway; ouvira dizer, disse a ele, que sua filha tinha talento para o piano, e anunciei o transporte do Steinway para sua casa. Chegara *a tempo* à conclusão de que a carreira de virtuose não era para mim, disse-lhe; que, como sempre desejara atingir o *máximo* em tudo, tinha que me separar de meu instrumento, pois nele, conforme percebera de repente, com certeza eu jamais atingiria o máximo, de modo que era natural que eu pusesse meu piano à disposição de sua filha talentosa; nunca mais voltaria sequer a abrir meu piano — disse eu ao perplexo professor, um homem bastante primitivo, casado com uma mulher ainda mais primitiva, também de Neukirchen, nas proximidades de Altmünster. Claro que eu assumiria o custo do transporte!, disse a ele, a quem conheço desde criança, assim como conheço sua simplicidade, para não dizer parvoíce. O professor aceitou meu presente *de imediato*, pensei ao entrar na pousada. Nunca acreditei nem por um minuto no talento de sua filha; sempre se diz desses filhos de professor do interior que eles têm talento, sobretudo talento musical, mas, na verdade, eles não têm talento para nada; nenhuma dessas crianças tem talento algum, e o fato de ser capaz de soprar uma flauta, arranhar uma cítara ou martelar um piano não constitui uma comprovação do seu talento. Eu sabia que estava entregando meu precioso piano a uma nulidade absoluta, e por isso mesmo mandei que o levassem para a casa do professor. Sua filha arruinou meu piano — um dos melhores, mais raros, mais procurados e, portanto, mais caros — em pouquíssimo tempo, tornando-o imprestável. Mas o que eu *desejara* havia sido precisamente esse processo de destruição do meu adorado piano. Wertheimer enveredou pelas ciências do espírito, como ele sempre dizia, e eu dei início a meu processo de definhamento, e dei início a ele da melhor maneira possível, despachando meu piano para a casa do professor. Depois que doei meu Steinway para a filha do professor, Wertheimer seguiu ainda tocando piano por muitos anos, porque continuou acreditando que poderia se tornar um virtuose. Aliás, tocava mil vezes melhor do que a maioria dos nossos virtuoses que hoje se apresentam em público, mas, afinal, não lhe satisfez ser, na melhor das hipóteses, um virtuose como todos os outros que há na Europa, e ele parou de tocar, enveredando pelas ciências do espírito. Eu mesmo, assim acredito, tocava ainda melhor do que Wertheimer, mas jamais seria capaz de tocar tão bem quanto Glenn, e foi por essa razão (ou seja, por um motivo idêntico ao de Wertheimer!) que da noite para o dia desisti do piano. Eu tinha que tocar melhor do que Glenn, mas isso era impossível, estava fora de questão, e por isso abandonei o piano. Numa manhã de abril, não sei mais exatamente o dia, acordei e disse a mim mesmo: *chega de tocar piano*. E nunca mais encostei um dedo no instrumento. De pronto, fui até a casa do professor e anunciei o transporte. De agora em diante vou me dedicar às questões filosóficas, pensei comigo enquanto caminhava para a casa do professor, embora, naturalmente, não tivesse a menor idéia do que seriam essas questões filosóficas. Não sou, em absoluto, um virtuose do piano, disse a mim mesmo; não sou um intérprete; não sou um reprodutor. Não sou sequer artista. O caráter degradante desse meu pensamento me atraiu de imediato. A caminho da casa do professor, repeti muitas vezes seguidas estas três palavras: *Não sou artista! Não sou artista! Não sou artista!* Se não tivesse conhecido Glenn Gould, provavelmente não teria desistido do piano, teria me tornado um virtuose, talvez até mesmo um dos melhores do mundo, pensei no interior da pousada. Quando conhecemos o melhor de todos, temos que desistir, pensei. Curiosamente, conheci Glenn no topo do Mönchsberg, o monte da minha infância. Com certeza, já o tinha visto no Mozarteum, mas jamais tinha conversado com ele antes daquele encontro no Mönchsberg, também conhecido como "o morro dos suicidas", porque é o lugar mais apropriado para isso, e de lá pulam toda semana pelo menos uns três ou quatro. Os suicidas tomam o elevador no interior do monte, caminham alguns passos e se jogam sobre a cidade lá embaixo. Sempre me fascinaram os que se arrebentam no chão da rua, e eu próprio (como, aliás, Wertheimer também) subi várias vezes o Mönchsberg, a pé ou de elevador, com a intenção de me jogar de lá de cima, mas não me joguei (e Wertheimer também não!). Várias vezes cheguei a me colocar em posição para pular (Wertheimer também!), mas, como Wertheimer, não pulei. Dei meia-volta. Claro que, até o momento, o número dos que deram meia-volta é maior que o daqueles que pularam, pensei. No Mönchsberg, encontrei Glenn no assim chamado *Richterhöhe,** de onde se tem a melhor vista da Alemanha. Puxei conversa, dizendo: *fazemos juntos o curso do Horowitz. É,* respondeu ele. Contemplávamos a planície alemã lá embaixo, e Glenn logo se pôs a discutir *a Arte da fuga.* Estou diante de um homem da ciência inteligentíssimo, pensei. Ele me con-

---

* Literalmente, o pico (*Höhe*) do juiz (*Richter*). (N. T.)

tou que tinha uma bolsa da Rockefeller mas que seu pai era um homem rico. Couros, peles, prosseguiu, num alemão melhor que o dos nossos colegas do interior da Áustria. É uma sorte que Salzburgo esteja localizada bem aqui, e não quatro quilômetros mais adiante, na Alemanha, disse ele: para a Alemanha eu não iria. Foi uma amizade *espiritual*, desde o primeiro momento. A maioria dos pianistas, mesmo os mais famosos, não tem idéia do que seja a sua arte, disse ele. Mas é assim também com todas as outras artes, respondi: acontece o mesmo com a pintura, com a literatura, nem mesmo os filósofos têm consciência da filosofia. A maior parte dos artistas não tem consciência de sua arte. Possuem uma concepção diletante da arte, e permanecem nesse diletantismo a vida toda, até mesmo os mais famosos. Nós nos entendemos de cara, devo dizer que já de início fomos atraídos por nossas diferenças, que eram as maiores possíveis no interior de uma *concepção de arte* claramente idêntica. Somente um ou dois dias após esse encontro no Mönchsberg é que Wertheimer veio juntar-se a nós. Glenn, Wertheimer e eu — que tínhamos morado em lugares distintos durante as duas primeiras semanas, sempre em acomodações inteiramente insatisfatórias na Cidade Velha — terminamos alugando juntos, e por todo o curso com Horowitz, uma casa em Leopoldskron, onde podíamos fazer o que bem entendêssemos. Na Cidade Velha, tudo exercera um efeito paralisante sobre nós: o ar era irrespirável, as pessoas insuportáveis, a umidade das paredes maltratava a nós e a nossos instrumentos. Na verdade, só fomos adiante no curso com Horowitz porque mudamos de Salzburgo, que, no fundo, é a cidade mais hostil à arte e ao espírito que se pode imaginar, uma estúpida cidadezinha provinciana, cheia de idiotas e de muros gelados, onde com o tempo tudo se reduz à estupidez, sem exceção. Nossa salvação foi termos empacotado nossas coisas e mudado para Leopoldskron, ainda uma pradaria verdejante à época, onde as vacas pastavam e centenas de milhares de pássaros faziam seus ninhos. Quanto à cidade de Salzburgo propriamente dita, que hoje — toda repintada, até em seus cantos mais recônditos — é ainda mais medonha do que naquela época, vinte e oito anos atrás, sempre foi e continua sendo contrária a tudo o que um ser humano abriga, ela o aniquila com o passar do tempo, o que nós logo percebemos, mudando então de lá para Leopoldskron. Os salzburguianos sempre foram tão horríveis quanto o clima da cidade, e hoje, quando vou a Salzburgo, vejo não apenas meu veredicto confirmar-se — *tudo* está mais horrível ainda. Todavia, ter estudado com Horowitz nessa cidade hostil ao espírito e à arte decerto significou uma grande vantagem. Se o ambiente no qual estudamos nos é hostil, estudamos melhor do que num ambiente amigável; é sempre bom para o estudante escolher um local para seus estudos que seja hostil, e não um que seja amigável, pois o local amigável tira grande parte de sua concentração nos estudos, ao passo que o hostil, pelo contrário, possibilita que ele se dedique cem por cento a eles, visto que o estudante *precisará* concentrar-se nos estudos para não se desesperar; nesse sentido, tem-se provavelmente que recomendar Salzburgo, assim como todas as chamadas cidades bonitas, como local de estudos, mas apenas àqueles dotados de um caráter forte: os fracos de caráter, é inevitável que pereçam ali, num curtíssimo espaço de tempo. Durante três dias, Glenn esteve perdidamente apaixonado pela *magia* dessa cidade, contou-me ele; depois, percebeu de súbito que essa magia era, como se costuma dizer, um embuste, que essa sua beleza era no fundo repulsiva e que as pessoas que habitavam essa beleza repulsiva eram vis. O clima pré-alpino faz adoecer o espírito das pessoas, que logo mergulham na estupidez, e *com o tempo* se tornam *más*, disse eu. Quem mora aqui, se for honesto, sabe disso; quem vem para cá percebe em pouco tempo e, antes que seja tarde demais, precisa ir embora, se não deseja ficar como estes estúpidos habitantes da cidade, este povo doente do espírito que mora em Salzburgo e que, com sua estupidez, mata tudo o que ainda não é como ele. De início, Glenn chegara a pensar como seria bom ter nascido e crescido ali, mas, dois ou três dias após sua chegada, nascer e crescer em Salzburgo, ter que se tornar adulto ali, pareceu-lhe já um pesadelo. Este clima e estes muros matam aos poucos a sensibilidade, disse ele. Eu não tinha nada a acrescentar. Em Leopoldskron, a pobreza de espírito da cidade já não podia oferecer perigo algum, pensei ao entrar na pousada. No fundo, pensei, quem me ensinou a tocar piano com a máxima seriedade não foi somente Horowitz, e sim a convivência diária com Glenn Gould, ao longo do curso com Horowitz. Foram esses dois que tornaram a música possível para mim, o conceito de música, pensei. Antes de Horowitz, eu tinha estudado com Wührer, um daqueles professores que sufocam a gente na mediocridade, e isso para não falar nos anteriores, todos eles de nome, como se diz, apresentando-se continuamente nas grandes cidades e titulares de ricas cátedras em nossas famosas academias; e, no entanto, não passam de pianistas exterminadores, sem a menor idéia do que a música significa, pensei. Por toda parte, esses professores de música tocam e ensinam, arruinando milhares, centenas de milhares de estudantes de música, como se a missão de sua vida fosse sufocar ainda na raiz os talentos extraordinários de jovens músicos. Em lugar nenhum impera tamanha irresponsabilidade como em nossas academias de música, que ultimamente se denominam *universidades* de música, pensei. De cada vinte mil professores, apenas um é o ideal. Horowitz era esse professor ideal, pensei. Glenn também teria sido, se tivesse se dedicado a isso. Tinha, assim como Horowitz, a sensibilidade e a compreensão ideais para o ensino, para a transmissão da arte. Todo ano, dezenas de milhares de estudantes de música percorrem o caminho que conduz à estupidez das escolas superiores de música, sendo aniquilados por seus professores desqualificados, pensei. Tornam-se famosos, em certos casos, sem terem compreendido coisa alguma, pensei ao entrar na pousada. Transformam-se num Gulda ou num Brendel, e, no entanto, não são nada. O próprio Wertheimer, se não tivesse conhecido Glenn, com certeza teria se transformado em um de nossos mais importantes virtuoses do piano, pensei; ao contrário de mim, em relação à assim chamada filosofia, ele não teria sido obrigado a vilipendiar as ciências do espírito, que foi, afinal, o que fez até o fim: vilipendiou as chamadas ciências do espírito, assim como venho maltratando há décadas a filosofia, ou as questões filosóficas. Não teria escrito suas anotações, pensei, assim como eu não teria escrito meus manuscritos, verdadeiros crimes intelectuais, como pensei ao entrar na pousada. Começamos como virtuoses do piano, depois passamos a revirar e revolver as ciências do espírito e a filosofia e apodrecemos. Porque não atingimos o máximo, não o ultrapassamos, pensei; porque, diante de um gênio no nosso campo de estudos, desistimos. Mas para ser sincero, eu nunca poderia ter sido um virtuose do piano, porque no fundo jamais quis ser um, e sempre tive as maiores restrições a isso, tendo sempre e somente vilipendiado o virtuosismo em meu processo de definhamento, sempre achando o pianista um sujeito ridículo, desde o começo; seduzido por meu talento absolutamente extraordinário ao piano, eu me meti a ser pianista e, de repente, depois de uma década e meia de tortura, reneguei esse mesmo talento, sem qualquer escrúpulo. Não faz parte da minha natureza sacrificar minha vida ao sentimentalismo. Desatei a rir e mandei levar meu piano para a casa do professor, divertindome durante dias com minhas próprias gargalhadas por causa desse transporte; essa é que é a verdade: diverti-me com a destruição num único instante de minha carreira de virtuose. E essa destruição súbita de minha carreira de virtuose provavelmente constituiu um estágio importante do meu processo de definhamento, pensei ao entrar na pousada. Nós experimentamos de tudo e nunca vamos até o fim; de repente, jogamos décadas na lata de lixo. Wertheimer sempre foi mais lento, nunca tão decidido quanto eu em suas decisões; somente anos depois de mim ele jogou seu virtuosismo no lixo, o que, ao contrário de mim, não superou, nunca; volta e meia eu o ouvia lamuriar-se, dizendo que não devia ter abandonado o piano, que devia ter continuado, que *eu* teria sido em certa medida o culpado, já que sempre fora seu modelo em questões importantes, em decisões existenciais, como ele me disse certa vez, pensei ao entrar na pousada. Assistir às aulas do Horowitz foi fatal tanto para mim quanto para Wertheimer, mas genial para Glenn. No que se refere ao virtuosismo pianístico, e no fundo à própria música, não foi Horowitz quem nos matou, a Wertheimer e a mim, e sim Glenn, pensei. Foi ele quem tornou nosso virtuosismo impossível, e isso numa época em que nós dois acreditávamos ainda firmemente nesse nosso virtuosismo. Concluído o curso com Horowitz, continuamos acreditando durante anos nesse virtuosismo, quando na verdade ele já estava morto desde o instante em que conhecemos Glenn. E se eu não tivesse feito o curso com Horowitz mas dado ouvidos a meu professor, Wührer, quem sabe não seria hoje um virtuose do piano, pensei, um daqueles pianistas famosos que vivem o ano todo entre Viena e Buenos Aires, viajando com sua arte. E Wertheimer também. De imediato, porém, respondi a mim mesmo com um vigoroso não, pois desde o começo sempre detestei o virtuosismo e seus efeitos colaterais, sempre detestei principalmente me apresentar perante a multidão, e odiava acima de tudo o aplauso, não o suportava; durante muito tempo não soube dizer se o que não suportava era o ar viciado das salas de concerto, o aplauso ou ambos, até que ficou claro para mim que não suportava era o *virtuosismo* em si, e sobretudo o pianístico. E isso porque eu odiava acima de tudo o público e tudo o que se relaciona com ele, o que significa que odiava, portanto, o(s) próprio(s) virtuose(s). Mesmo Glenn tocou em público apenas por uns dois ou três anos; depois, não agüentou mais e não saiu mais de casa, tornando-se, em sua casa nos Estados Unidos, o melhor e mais importante de todos os pianistas. Quando o visitamos pela última vez, doze anos atrás, ele já não dava concertos públicos fazia dez anos. Nesse meio-tempo, tinha se tornado o mais clarividente de todos os loucos. Atingira o ápice de sua arte, e o derrame cerebral era apenas uma questão de pouquíssimo tempo. À época, Wertheimer teve a mesma impressão, ou seja, de que Glenn morreria muito em breve, de que logo teria um derrame, como me disse. Passamos duas semanas e meia na casa de Glenn, onde ele tinha montado um *estúdio* para si. Assim como durante o curso com Horowitz em Salzburgo, ele tocava piano praticamente dia e noite. Anos a fio, toda uma década. Fiz trinta e quatro concertos em dois anos, e já é o suficiente para a vida inteira, disse ele. Com Glenn, Wertheimer e eu tocávamos Brahms das duas da tarde até uma da manhã. Glenn encarregara três guardas de vigiar a casa e manter as pessoas afastadas. De início, não queríamos incomodá-lo nem sequer com um pernoite, mas acabamos ficando duas semanas e meia, e mais uma vez ficou claro para mim e para Wertheimer como a decisão de abandonar o virtuosismo pianístico tinha sido acertada. Glenn sempre se dirigia a Wertheimer com um *Meu caro náufrago*; com seu sangue-frio américo-canadense, ele sempre o chamara apenas de *náufrago*, e a mim, muito secamente, de *filósofo*, o que não me incomodava. Para Glenn, Wertheimer, o *náufrago*, seguia sempre afundando, ininterruptamente; de mim, achava que eu vivia falando a palavra *filósofo*, e é provável que com uma regularidade insuportável; portanto, de modo muito natural, éramos para ele o *náufrago* e o *filósofo*, pensei ao entrar na pousada. O *náufrago* e o *filósofo* tinham ido aos Estados Unidos com o único propósito de rever Glenn, o virtuose do piano. E para passar quatro meses e meio em Nova York. A maior parte do tempo, na companhia de Glenn. Da Europa, ele não sentia saudade, dissera logo, a título de cumprimento. Para ele, a Europa não interessava mais. Tinha se *entrincheirado* em casa. Para sempre. A vida toda, nós três sempre tivemos esse desejo de nos entrincheirar. Éramos, os três, fanáticos inatos do entrincheiramento. Mas Glenn foi quem levou esse fanatismo mais longe. Em Nova York, moramos ao lado do Hotel Taft; para nosso objetivo, não havia lugar melhor. Glenn tinha mandado colocar um Steinway num dos quartos dos fundos do Taft e ali ficava tocando de oito a dez horas por dia, muitas vezes à noite também. Não passava um dia sem tocar piano. Wertheimer e eu adoramos Nova York desde o início. É a cidade mais bonita do mundo e, ao mesmo tempo, a que tem o melhor ar, repetíamos sempre; em parte nenhuma respiramos um ar melhor. Glenn confirmou o que sentíamos: Nova York é a única cidade do mundo onde um homem do espírito respira livre e aliviado assim que chega. De três em três semanas Glenn vinha até nós e nos mostrava os recantos ocultos de Manhattan. O Mozarteum era uma escola ruim, pensei ao entrar na pousada, mas, por outro lado, a melhor de todas, para nós, pois abriu nossos olhos. Todas as escolas superiores são ruins, e a que freqüentamos é sempre a pior de todas se não abre nossos olhos. Que professores horríveis tivemos que suportar, arruinando nossas cabeças. Todos eles exorcistas, exterminadores da arte, matadores de mentes, assassinos de estudantes. Horowitz era uma exceção, Markevitch, Vegh, pensei. Mas um Horowitz sozinho não basta para fazer uma academia de primeira classe, pensei. Os incompetentes dominavam o edifício, famoso à época e ainda hoje como nenhum outro no mundo; basta dizer que estudei no Mozarteum, e as pessoas arregalam os olhos. Como Glenn,

Wertheimer era filho de pais não apenas abastados, mas ricos. Eu mesmo nunca tive preocupações financeiras. É sempre vantajoso ter amigos oriundos de um mesmo meio e de igual situação financeira, pensei ao entrar na pousada. Como, no fundo, não tínhamos que nos preocupar com dinheiro, pudemos nos dedicar aos estudos com exclusividade, levá-los adiante da forma mais radical possível; de resto, não tínhamos mais nada na cabeça; só que constantemente precisávamos nos livrar daqueles que impediam nosso desenvolvimento, nossos professores, sua mediocridade e suas atrocidades. O Mozarteum é, ainda hoje, famoso no mundo inteiro, mas é a pior escola superior de música que se pode imaginar, pensei. No entanto, se não tivesse ido estudar lá, jamais teria conhecido Wertheimer e Glenn, pensei, meus amigos de toda a vida. Hoje, já nem sei mais dizer como é que fui estudar música; na minha família, ninguém era musical, eram todos antiarte, não havendo nada que tivessem detestado mais a vida inteira do que a arte e o espírito, o que, é provável, constituiu o fator decisivo para que eu um belo dia me apaixonasse pelo piano, de início tão-só odiado, e trocasse um antigo Ehrbar da família por um Steinway verdadeiramente maravilhoso, a fim de enfrentar a família odiada, de seguir o caminho que tanto a abalou desde o princípio. Não foi pela arte, pela música, pelo piano, mas apenas para contrariar a família, pensei. Eu detestava tocar no Ehrbar, o que tinha sido imposto por meus pais, a mim e a todos os demais membros da família; o Ehrbar era seu centro artístico, e nele tinham tocado até as últimas peças de Brahms e Reger. Eu *odiava* esse centro artístico da família. Mas *amava* o Steinway que extorquira de meu pai e que tinha sido trazido de Paris nas mais difíceis circunstâncias. Tinha que estudar no Mozarteum para mostrar a eles; de música, não sabia coisa nenhuma, e o piano nunca foi uma paixão para mim, apenas um instrumento que utilizei com o fim de contrariar meus pais e a família inteira; explorei-o contra todos eles, e contra eles comecei a *dominar* o piano, melhorando dia após dia, com uma virtuosidade que crescia a cada ano. Foi para contrariá-los que entrei no Mozarteum, pensei no interior da pousada. Nosso Ehrbar ficava na chamada sala de música, constituindo o centro artístico de que a família se valia para se exibir nas tardes de sábado. O Steinway, evitavam; as pessoas não vinham: ele pusera fim à época do Ehrbar. A partir do dia em que comecei a tocar no Steinway deixou de existir um centro artístico na casa de meus pais. O Steinway era uma arma contra meus familiares, pensei postado no interior da pousada, olhando ao redor. Entrei no Mozarteum para me vingar deles, por nenhuma outra razão; para puni-los pelo crime que haviam cometido contra mim. Agora tinham um filho artista, uma figura abominável aos olhos deles. E eu usei e abusei do Mozarteum contra eles todos, empregando todos os meios que ele me oferecia para contrariá-los. Se tivesse me dedicado a suas olarias e passado a vida inteira tocando no velho Ehrbar, eles teriam ficado satisfeitos; assim, afastei-me da família por intermédio do Steinway instalado na sala de música, um piano que tinha custado uma fortuna e que de fato precisara ser transportado de Paris para nossa casa. Primeiro, insisti no Steinway; depois, como convém a um Steinway, no Mozarteum. Não admiti qualquer recusa, tenho hoje que reconhecer. Decidira da noite para o dia tornar-me um artista, e exigi tudo. Surpreendi-os, pensei, olhando em torno na pousada. O Steinway foi meu baluarte contra eles, contra seu mundo, contra a estupidez da família e do mundo. Ao contrário de Glenn e talvez até de Wertheimer — o que não posso afirmar com certeza —, eu não tinha nascido para ser um virtuose do piano, mas simplesmente me obriguei a ser, convenci-me, exercitei-me para isso, e, admito, da forma mais inescrupulosa possível para com minha família. Com o auxílio do Steinway, fez-se de repente possível para mim enfrentá-la. Tinha me tornado um artista — a saída mais à mão — por desespero quanto à família, um virtuose do piano; se possível, um virtuose internacional do piano; o odiado Ehrbar em nossa sala de música dera-me a idéia, e na qualidade de uma arma contra eles, explorei essa idéia, desenvolvendo-a até a perfeição suprema contra a família. E com Glenn não foi diferente, tampouco com Wertheimer, que, como bem sei, só foi estudar arte, ou seja, música, para magoar o pai, pensei na pousada. Para meu pai, é uma catástrofe o fato de eu estar estudando piano, ele me contou. Glenn o disse de forma ainda mais radical: eles me odeiam, a mim e a meu piano. Quando falo em Bach, eles quase vomitam, disse. Mesmo ele já sendo famoso no mundo inteiro, seus pais permaneceram intransigentes. Se, porém, Glenn se manteve coerente, convencendo-os por fim de sua genialidade, ainda que apenas dois ou três anos antes de morrer, Wertheimer e eu acabamos por dar razão a nossos pais, na medida em que fracassamos em nosso virtuosismo, e fracassamos cedo, *da maneira mais vergonhosa*, como ouvi diversas vezes de meu pai. Mas o fracasso como virtuose do piano não me afligiu tanto quanto a Wertheimer, que sofreu a vida inteira, até o fim, pelo fato de ter desistido, de ter se dedicado às ciências do espírito, sem jamais ter tido a menor idéia do que se tratava, da mesma forma como até hoje não sei o que é o filosófico, a filosofia enfim. Glenn triunfou, nós fracassamos, pensei na pousada. Glenn pôs um fim a sua existência no único momento correto para fazê-lo, pensei. E não o fez sozinho, ou seja, com as próprias mãos, como Wertheimer, que não tinha outra opção e precisou se enforcar, pensei. Assim como tinha sido possível prever a morte de Glenn com grande antecedência, também a de Wertheimer era previsível fazia tempo, pensei. Disse que Glenn foi fulminado por um derrame no meio das *Variações Goldberg*. Wertheimer não suportou a morte dele. Envergonhava-se de continuar vivo após a morte de Glenn, de ter sobrevivido ao gênio, por assim dizer; sei que isso o atormentou ao longo de todo o seu último ano de vida. Dois dias depois de termos lido no jornal que Glenn havia morrido, recebemos um telegrama do pai dele, comunicando a morte do filho. Tão logo sentava-se ao piano, ele mergulhava dentro de si mesmo, pensei; e seu aspecto era o de um animal; examinado com atenção, podia ser comparado a um aleijado e, contemplado com mais atenção ainda, parecia-se com a pessoa perspicaz e bonita que era. Com a avó materna aprendera alemão, língua que, como já disse, falava fluentemente. Com sua pronúncia, envergonhava todos os nossos colegas alemães e austríacos, que falavam um alemão todo estropiado, o alemão que continuam falando a vida inteira, pois não têm sensibilidade para a própria língua. E como pode um artista não ter sensibilidade para sua língua materna?, perguntava Glenn com freqüência. Entrava ano, saía ano, ele usava uma calça sempre igual, se é que não era a mesma; seu andar era macio, senhorial, como teria dito meu pai. Era um amante das definições claras, detestava a imprecisão. Uma de suas palavras preferidas era *autodisciplina*; empregava-a a toda hora, inclusive, lembro-me, na aula do Horowitz. Gostava de andar pela rua pouco depois da meia-noite, ou ao menos de sai r um pouco de casa nesse horário, como eu tinha notado já em Leopoldskron. Temos sempre que tomar um arzinho fresco, dizia, senão não vamos para a frente, somos paralisados em nosso intento de atingir o máximo. Consigo próprio, era o mais inescrupuloso dos homens. Não se permitia qualquer inexatidão. Abominava as pessoas que não refletem muito bem antes de falar, ou seja, abominava quase toda a humanidade. E, por fim, afastou-se há mais de vinte anos dessa humanidade abominada, recolhendo-se. Era o único virtuose do piano de renome mundial que abominava o próprio público e que no final acabou se afastando de fato e definitivamente desse público abominado. Não precisava dele. Comprou a casa na floresta, instalou-se nela e começou a se aperfeiçoar. Ele e Bach moraram nessa casa nos Estados Unidos até sua morte. Era um fanático pela ordem. Tudo era ordem naquela casa. Da primeira vez que entrei lá, na companhia de Wertheimer, a única coisa que me veio à mente foi seu próprio *conceito de autodisciplina*. Depois de entrarmos, ele não nos perguntou, por exemplo, se estávamos com sede, mas sentou-se diante do Steinway e se pôs a tocar para nós aquelas passagens das *Variações Goldberg* que tinha nos mostrado em Leopoldskron, na véspera de sua partida para o Canadá. Tocava agora com a mesma perfeição de antes. Naquele momento ficou claro para mim que, no mundo todo, ninguém além dele tocava daquele jeito. Ele se recolhia dentro de si mesmo e começava a tocar. Tocava de baixo para cima, por assim dizer, e não como os outros, de cima para baixo. Esse era seu segredo. Durante anos a fio, atormentei-me pensando se seria correto visitar Glenn nos Estados Unidos. Um pensamento mesquinho. De início, Wertheimer não queria ir; tive que persuadi-lo. Sua irmã era contra: não queria que o irmão visitasse o mundialmente famoso Glenn Gould, porque o julgava perigoso para ele. Wertheimer, porém, acabou por impor sua vontade à irmã e viajou comigo para os Estados Unidos, para a casa de Glenn. Eu vivia dizendo a mim mesmo: esta é a última oportunidade de ver Glenn. Minha expectativa era de fato que ele morreria a qualquer momento, e eu queria de todo jeito vê-lo de novo, ouvi-lo tocar, pensei em pé na pousada, respirando o ar viciado daquele lugar que conhecia de outros tempos. Eu conhecia Wankham. Quando ia visitar Wertheimer, sempre me hospedava naquela pousada, pois não podia dormir na casa dele: Wertheimer não suportava hóspedes passando a noite lá. Olhei em torno, à procura da dona, mas tudo estava em silêncio. Wertheimer odiava que hóspedes passassem a noite em sua casa. Abominava-os. Detestava hóspedes de um modo geral, quaisquer que fossem; recebia-os e, mal tendo eles chegado, já os acompanhava até a porta, despedindo-se; não que fizesse isso comigo também — afinal, éramos íntimos —, mas depois de uma ou duas horas preferia que eu desaparecesse em vez de ficar para dormir. Nunca passei a noite em sua casa: jamais me ocorreria fazê-lo, pensei à espreita da dona da pousada. Glenn era um ser urbano, como de resto eu também, e Wertheimer; no fundo, amávamos a cidade grande e detestávamos o campo, que, no entanto, explorávamos ao máximo (como, aliás, a metrópole também o faz, à sua maneira). Por causa da doença no pulmão, Wertheimer e Glenn acabaram tendo que ir para o campo, Wertheimer ainda mais a contragosto do que Glenn; este, em última instância, porque não suportava mais a humanidade inteira, ao passo que Wertheimer teve que fazê-lo por causa dos acessos constantes de tosse que tinha na cidade, e porque seu médico lhe tinha dito que na cidade suas chances de sobrevivência eram nulas. Por mais de duas décadas, Wertheimer encontrou refúgio ao lado da irmã, no Kohlmarkt, numa das maiores e mais luxuosas casas de Viena. A irmã, porém, acabou se casando com um, como se diz, grande industrial suíço, e foi morar com o marido em Zizers, nas proximidades de Chur. Justamente na Suíça, e justamente com o proprietário de um conglomerado de indústrias químicas, como Wertheimer se queixou certa vez. Uma união catastrófica. Ela me abandonou, ele se lamuriava com freqüência. Na casa subitamente vazia, de início ele ficou como que paralisado; após a mudança da irmã, permaneceu dias sentado imóvel numa poltrona; depois, passou a correr feito doido pelos cômodos, de um lado para outro, até que por fim mudou-se para o pavilhão de caça do pai, em Traich. Quando os pais morreram, ele continuou vivendo ainda por vinte anos junto com a irmã, a quem tiranizava, como bem sei, tornando impossível seu contato com homens e mesmo com a sociedade de um modo geral, protegendo-a, acorrentando-a a si próprio, por assim dizer. Mas ela escapou e o deixou sozinho com a mobília antiga e desconjuntada que ambos tinham herdado. Como é que ela pôde fazer isso comigo?, ele me perguntou, pensei. Fiz de tudo por ela, sacrifiquei-me por causa dela, e ela simplesmente me deixou aqui sozinho para ir atrás desse novo-rico na Suíça, desse sujeito horroroso, ele me disse, pensei no interior da pousada. E foi justo para Chur, para essa região medonha, cujo catolicismo literalmente fede. Zizers, que nome mais horrível!, exclamou, perguntando-me se já havia estado lá, e eu me lembrei de ter já várias vezes atravessado a cidade, a caminho de St. Moritz, pensei. Estupidez, mosteiros e conglomerados químicos: mais nada, disse ele, chegando mesmo ao exagero de afirmar que desistira do virtuosismo pianístico por causa da irmã, *parei por causa dela*, sacrifiquei minha carreira, disse, sacrifiquei coisas que eram tudo para mim. E assim ele buscava se enganar, para escapar do desespero. A casa no Kohlmarkt se estendia por três pavimentos, entulhada de obras de arte de todos os tipos, o que sempre me afligia quando ia visitar meu amigo. Ele próprio afirmava odiar aquelas obras de arte, que teriam sido amontoadas ali pela irmã; detestava-as, não dava a mínima para elas, jogava, aliás, toda a culpa por sua infelicidade na irmã, que o abandonara por causa de um suíço com mania de grandeza. A sério, ele me disse uma vez que imaginava envelhecer naquela casa do Kohlmarkt junto com a irmã: *vou envelhecer com ela aqui, nestes cômodos*, disse. Não foi o que aconteceu; a irmã escapou dele, voltou-lhe as costas, possivelmente no último minuto, pensei. Somente meses após o casamento da irmã é que ele voltou a pisar na rua, pondo-se de novo em pé, por assim dizer, em vez de ficar o tempo todo sentado. Em seus melhores dias, ia do Kohlmarkt até o vigésimo distrito e, de lá, até o vigésimo primeiro; voltava então por Leopoldstadt, onde caminhava horas ainda para cima e para baixo, até não agüentar mais. No campo, ficava paralisado. Não passava de uns poucos passos na direção da floresta. O campo me aborrece, costumava dizer. Glenn tinha razão em me chamar sempre de *caminhante do asfalto*, disse-me ele — *só ando no asfalto; no campo não ando, sinto um tédio infinito e fico sentado dentro da cabana*. O que ele chamava de cabana era o pavilhão de caça de catorze cômodos que tinha herdado dos pais. O fato é que ali ele se vestia de manhã cedo como se pretendesse caminhar cinqüenta ou sessenta quilômetros, calçando botas de couro de cano longo, vestindo roupas grossas e usando um boné de feltro. Mas saía de casa apenas para constatar que não sentia vontade de caminhar, de modo que voltava a se despir, sentava no quarto do andar de baixo e ficava olhando para a parede defronte. O médico disse que na cidade não tenho chances de sobreviver, ele me disse, mas aqui é que não vou mesmo sobreviver. Odeio o campo. Por outro lado, estou decidido a seguir as instruções para não ter que ficar me recriminando. Mas passear ou mesmo andar pelo campo eu não consigo. Para mim, é a coisa mais sem sentido que existe, não vou cometer essa estupidez, esse crime insano. Todo dia eu me visto, disse ele, saio de casa, dou meia-volta e me dispo de novo; é sempre a mesma coisa, qualquer que seja a estação do ano. Pelo menos ninguém vê essa minha doidice, disse ele, pensei na pousada. Assim como Glenn, Wertheimer também não tolerava pessoas à sua volta. Com o tempo, foi se tornando insuportável. Eu também não conseguiria viver no campo, pensei, em pé, no interior da pousada, e é por isso mesmo que moro em Madri e nem me passa pela cabeça sair de lá, da cidade mais magnífica de todas, onde disponho de tudo o que o mundo tem a oferecer. Quem mora no campo emburrece com o passar do tempo e não percebe; durante um certo período, acredita que está sendo original e que está cuidando da própria saúde, mas a vida no campo não é nada original: para quem não nasceu no campo e para o campo, é puro mau gosto e só prejudica a saúde. As pessoas que vão para o campo se enterram ali, levando uma vida no mínimo grotesca, que as conduz primeiro ao emburrecimento e depois à morte ridícula. Recomendar a um sujeito da cidade que para sobreviver ele se mude para o campo é uma indignidade médica, pensei. Todos esses exemplos de pessoas que mudaram da cidade para o campo são exemplos medonhos, pensei. Wertheimer, porém, não foi vítima tão-somente de seu médico, mas mais ainda de sua convicção de que a irmã vivia só para ele. E, de fato, chegou a afirmar várias vezes que a irmã tinha nascido para ele, para ficar com ele, para protegê-lo, por assim dizer. Ninguém me decepcionou tanto quanto minha irmã!, exclamou certa vez, pensei. Acostumou-se mortalmente a ela, pensei. No dia em que ela o deixou, ele jurou odiá-la para sempre e fechou todas as cortinas da casa no Kohlmarkt, com o objetivo de nunca mais abri-las. Conseguiu se manter fiel a esse propósito por catorze dias: no décimo quarto, tornou a abrir as cortinas da casa no Kohlmarkt e se precipitou feito doido em direção à rua, faminto de comida e gente. Mas o náufrago sucumbiu já no Graben, como sei. Por pura sorte, um parente seu ia passando, e graças a ele Wertheimer foi levado imediatamente de volta para casa, pensei; do contrário, é provável que tivesse sido internado no hospício em Steinhof, pois sua aparência era a de um louco. O mais difícil de nós três não era Glenn, mas Wertheimer. Glenn era forte; Wertheimer era nosso fracote. Ao contrário do que sempre se disse e se diz, Glenn não era louco; Wertheimer era, digo eu. Conseguiu manter a irmã acorrentada a si próprio por vinte anos, com milhares, centenas de milhares de correntes; então, ela escapou, e creio até que se casou bem, como se diz. Rica por natureza, casou-se com um suíço *podre* de rico. Wertheimer não podia mais ouvir as palavras *irmã* e *Chur*, ele me disse da última vez que o vi. Não me escreveu nem mesmo um cartão, disse ele, pensei na pousada, olhando ao redor. Ela partira em segredo, deixando para trás a casa e tudo que havia nela; não levou nada, dizia ele sempre. E isso apesar de ter me prometido que não ia me abandonar, nunca, disse, pensei. Ainda por cima, minha irmã é uma *convertida*, para repetir a palavra que ele usou; profunda, perdidamente católica, concluiu. Mas assim são essas pessoas profundamente religiosas, profundamente católicas, esses convertidos, disse; não se intimidam com nada, nem mesmo na hora de cometer o maior dos crimes; largam o próprio irmão e se jogam nos braços do primeiro tipo suspeito que aparece e que por acaso e falta de escrúpulo fez fortuna, ele se queixou na minha última visita, pensei. Vejo-o diante de mim, ouço com perfeição o que diz, essas frases truncadas que ele sempre usou e que eram a cara dele. *Nosso náufrago é um fanático*, disse Glenn certa vez; *vive morrendo quase ininterruptamente de autocomiseração*; posso ver Glenn dizendo isso, foi no alto do Mönchsberg, no chamado Richterhöhe, onde estive com ele diversas vezes, sem Wertheimer, quando este por alguma razão queria ficar sozinho, sem a nossa companhia, com freqüência porque estava amuado. Eu costumava chamá-lo de *o ofendido*. Depois da partida da irmã, Wertheimer passou a recolher-se em Traich a intervalos de tempo cada vez menores; vou para Traich porque odeio Traich, dizia. A casa no Kohlmarkt acumulava poeira, já que na sua ausência ele não deixava ninguém entrar lá. Em Traich, muitas vezes ficava dias dentro de casa; só mandava o lenhador trazer um jarro de leite, manteiga, pão, um pedaço de carne defumada. E lia seus filósofos: Schopenhauer, Kant, Spinoza. Também ali mantinha as cortinas fechadas quase o tempo todo. Uma vez pensei: vou comprar outro Bösendorfer, ele disse, mas depois desisti da idéia — seria uma maluquice. Aliás, faz quinze anos que não encosto um dedo num piano, ele disse, pensei na pousada, indeciso quanto a se deveria ou não chamar por alguém. Acreditar que eu pudesse ser artista, levar uma vida de artista, foi um grande equívoco. Mas não teria podido me refugiar de imediato nas ciências do espírito: tinha que fazer esse desvio pela arte, ele disse. Você acha que eu teria me tornado um grande virtuose do piano?, perguntou-me, naturalmente sem esperar pela resposta, e, rindo, emitiu um terrível *nunca*. Você sim, eu não. Você tinha o talento, disse, isso eu vi logo; bastaram uns poucos compassos e ficou claro para mim: você sim, eu não. E quanto a Glenn, ficou evidente desde o princípio que ele era um gênio. Nosso gênio américo-canadense. Nós dois fracassamos por motivos opostos, disse Wertheimer, pensei. Eu não tinha nada para provar, apenas tudo a perder, disse, pensei. Nosso dinheiro foi provavelmente nossa perdição, prosseguiu, para logo depois emendar: Glenn não desperdiçou seu dinheiro — o dinheiro permitiu que ele se tornasse um gênio. Pois é. Se não tivéssemos topado com Glenn. Se o nome Horowitz não tivesse significado nada para nós. Se não tivéssemos ido para Salzburgo!, disse. Lá, estudando com Horowitz e conhecendo Glenn, encontramos a morte. Nosso amigo significou nossa morte. Claro, éramos melhores do que todos os outros alunos do Horowitz, mas Glenn era melhor do que o próprio Horowitz, ele disse, e posso ouvi-lo ainda, pensei. Por outro lado, prosseguiu, continuamos vivos e ele não. Em seu círculo, disse, muitos já tinham morrido, tantos parentes, amigos, conhecidos, mas nenhuma dessas mortes o tinha abalado sequer minimamente; a morte de Glenn, porém, tinha sido *letal* para ele, e a palavra *letal* ele pronunciou com uma precisão monstruosa. Nós não precisamos estar ao lado de uma pessoa para nos sentirmos ligados a ela mais do que a qualquer outra, disse. A morte de Glenn afetou-o *profundamente*, ele disse, pensei, em pé, na pousada. E isso embora sua morte fosse mais do que previsível, fosse, nas palavras de Wertheimer, uma obviedade. Ainda assim, não a compreendemos, não conseguimos entender, não compreendemos. Glenn tinha o maior apreço pela palavra *náufrago* e por seu significado; lembro-me bem; foi na Sigmund-Haffner-Gasse que o *náufrago* lhe veio à mente. Quando observamos as pessoas, só vemos mutilados, Glenn nos disse certa vez; mutilados interiormente, exteriormente ou *ambas* as coisas, é só o que se vê, pensei. Quanto mais as observamos, mais mutiladas elas nos parecem, porque estão de tal forma mutiladas que não queremos admitir, mas é como estão. O mundo está cheio de mutilados. Caminhamos pelas ruas e só vemos mutilados. Convidamos alguém para nos visitar e recebemos um mutilado em casa, disse Glenn, pensei. De fato, eu próprio já observara isso diversas vezes, e só podia dar razão a ele. Wertheimer, Glenn, eu — todos mutilados, pensei. Amizade, artistas!, pensei, meu Deus, que loucura! Sou o único que restou! Agora estou sozinho, pensei, pois, para dizer a verdade, tive só duas pessoas na vida, pessoas que significavam para mim a própria vida: Glenn e Wertheimer. Agora os dois estão mortos, e eu tenho que me haver com esse fato. A pousada me dava uma impressão de decadência; como todas as pousadas da região, era suja e o ar era, como se diz, sufocante. Uma nojeira total. Podia ter chamado a dona, minha conhecida fazia tempo, mas não chamei. Dizem que Wertheimer teria dormido com ela diversas vezes, na pousada, claro, não no pavilhão de caça; é o que dizem, pensei. No fundo, Glenn sempre tocou apenas as *Variações Goldberg* e a *Arte da fuga*, mesmo quando estava tocando outra coisa, como Brahms, por exemplo, ou Mozart, Schönberg ou Webern, os quais tinha em alta conta, embora colocasse Schönberg acima de Webern, e não, como se acredita, o contrário. Wertheimer convidou Glenn diversas vezes para vir até Traich, mas depois do concerto no festival de Salzburgo, Glenn nunca mais voltou à Europa. Tampouco nos correspondíamos, já que não se pode chamar de correspondência os poucos cartões que trocamos em todos aqueles anos. Ele nos mandava seus discos com regularidade, nós agradecíamos, e isso era tudo. No fundo, o que nos unia era a total ausência de sentimentalismo em nossa amizade; mesmo Wertheimer era completamente desprovido de sentimentalismos, ainda que muitas vezes parecesse o contrário. Suas lamúrias não eram sentimentais, mas planejadas, calculadas. De repente, a idéia de rever o pavilhão de caça, estando ele já morto, pareceu-me absurda; bati com a mão na testa, sem fazê-lo de fato. Essa minha maneira de agir, porém, não é sentimental, pensei olhando em torno na pousada. Primeiro, queria apenas fazer uma visita à casa no Kohlmarkt em Viena, mas acabei decidindo viajar antes até Traich, com o intuito de rever o pavilhão de caça onde Wertheimer passou os dois últimos anos, nas mais terríveis condições, como sei. Depois do casamento da irmã, ele a muito custo conseguiu se agüentar em Viena por mais três meses, vagando pela cidade, posso imaginar, e amaldiçoando continuamente a irmã, até que chegou uma hora em que simplesmente teve que sair de lá para se esconder em Traich. O último cartão enviado por ele a Madri tinha me deixado apavorado. A letra era a de um velho; impossível ignorar os sinais de loucura que o cartão continha, comunicando-me coisas sem nexo. Mas eu não tinha a intenção de vir para a Áustria, estava por demais ocupado com o ensaio *Sobre Glenn Gould* em minha casa na calle del Prado, um trabalho que não pretendia interromper de maneira nenhuma, pois se parasse, nunca mais o concluiria, um risco que eu não desejava correr; assim, nem sequer respondi ao cartão de Wertheimer, que tinha desde logo achado preocupante. Wertheimer havia pensado em ir ao funeral de Glenn nos Estados Unidos, mas eu não topei e ele não foi sozinho. Apenas três dias depois que ele se enforcou me ocorreu que também ele, tal como Glenn, morreu aos cinqüenta e um. Quando passamos dos cinqüenta, nós nos vemos como pessoas vis, sem caráter; a questão é quanto tempo suportamos essa situação. Muitos se matam aos cinqüenta e um, pensei. Aos cinqüenta e dois também, mas mais aos cinqüenta e um. Nesse qüinquagésimo primeiro ano, tanto faz se se matam ou se morrem de morte natural, como se diz; tanto faz se morrem como Glenn ou como Wertheimer. A causa é com freqüência a vergonha da fronteira ultrapassada que sente o qüinquagenário ao completar cinqüenta anos. E isso porque cinqüenta anos são mais do que suficientes, pensei. Nós nos tornamos vis quando ultrapassamos os cinqüenta e continuamos vivendo, existindo. Somos covardes atravessadores de fronteiras, pensei, que nos fazemos duplamente deploráveis quando passamos dos cinqüenta. Agora sou o desavergonhado, pensei. Senti inveja dos mortos. Por um momento, odiei-os por sua superioridade. Encarei como um deslize o fato de ter viajado até Traich por curiosidade, pelo mais baixo de todos os motivos; de pé no interior da pousada, eu a abominava, e abominava acima de tudo a mim mesmo. E quem é que sabe se vão pelo menos me deixar entrar no pavilhão de caça?, pensei; afinal, os novos proprietários sem dúvida já devem ter se instalado lá há muito tempo e não vão querer receber ninguém, muito menos a mim, já que sempre me odiaram, como bem sei, pois Wertheimer sempre me descreveu seus parentes de tal forma que eu só podia supor que me detestavam tanto quanto a ele próprio, e agora têm razão em me ver como o mais inconveniente dos intrusos. Em vez de ter feito essa viagem totalmente inútil a Traich, eu devia ter voado de volta para Madri, pensei. Meti-me numa situação vergonhosa, pensei. De repente, eu me vi como um ladrão de defuntos nesse meu propósito de rever o pavilhão de caça, visitar todos os quartos, não deixar passar nada e, depois, refletir sobre o que vi. Sou uma pessoa medonha, repugnante, asquerosa, pensei, já pretendendo chamar a dona da pousada, o que no último instante não fiz; de repente, senti medo de que ela aparecesse cedo demais, isto é, cedo demais para meu propósito, interrompendo o fluxo do meu pen-

33

samento e aniquilando as reflexões que eu fazia ali, estas digressões acerca de Glenn e de Wertheimer que eu de repente me permitia. Com efeito, eu tinha a intenção, e ainda tenho, de examinar os escritos que Wertheimer porventura tenha deixado. Ele falava com freqüência de coisas que teria escrito ao longo do tempo. Absurdidades, dizia, mas Wertheimer era orgulhoso, o que me permitiu supor que talvez haja coisas de valor entre essas absurdidades; no mínimo, trata-se do seu pensamento, o que é digno de ser preservado, coletado, salvo, ordenado, pensei, vendo já todo um monte de cadernos (e notas) de conteúdo mais ou menos matemático-filosófico. Mas os herdeiros não vão querer entregar esses cadernos (e notas), todos esses escritos (e notas), pensei. Não vão sequer me deixar entrar no pavilhão de caça. Vão perguntar quem sou, e se eu disser quem sou, vão bater a porta na minha cara. Minha reputação devastadora logo os fará bater e trancar as portas, pensei. Essa idéia maluca de visitar o pavilhão de caça tinha me ocorrido já em Madri. É possível, aliás, que Wertheimer não tenha contado a mais ninguém sobre seus escritos (e notas), e que os tenha escondido em algum lugar; portanto é meu dever para com ele desencavar esses cadernos e escritos (e notas), e preservá-los, custe o que custar. De Glenn, não se preservou nada: ele não escreveu coisa nenhuma, pensei; Wertheimer, em contrapartida, escreveu sem parar, por anos, décadas a fio. Com certeza, devo encontrar uma ou outra coisa interessante, principalmente sobre Glenn, pensei, ou de qualquer forma, sobre nós três, nosso tempo de estudante, nossos professores, nosso desenvolvimento e o do mundo em geral, pensei, em pé, na pousada, espiando pela janela da cozinha, mas sem ver coisa alguma, porque as vidraças estavam pretas de sujeira. Nesta cozinha imunda fazem comida, pensei; é desta cozinha imunda que a comida é levada para os hóspedes no salão, pensei. As pousadas austríacas são todas sujas e nem um pouco atraentes, pensei; é difícil ver uma toalha limpa sobre a mesa, para não falar em guardanapos de pano, obrigatórios na Suíça, por exemplo. Mesmo a pousada suíça mais minúscula é limpa e atraente; na Áustria, até nossos hotéis são sujos e repugnantes. E os quartos, então!, pensei. Com freqüência, dão só uma passada na roupa de cama usada, e não raro o novo hóspede encontra fios de cabelo do anterior ainda na pia. Sempre tive nojo das pousadas austríacas, pensei. A louça não é limpa, e se se olhar melhor, os talheres estão sempre sujos. Mas Wertheimer vinha comer com freqüência nesta pousada; quero ver gente pelo menos uma vez por dia, dizia, ainda que seja apenas essa dona de pousada decadente, desleixada e suja. E assim vou indo de uma jaula para outra, ele disse certa vez: do Kohlmarkt para Traich e de volta para o Kohlmarkt, ele disse, pensei. Da jaula catastrófica da cidade grande para a jaula catastrófica da floresta. Às vezes me escondo numa, às vezes noutra; ora na perversidade do Kohlmarkt, ora na perversidade da floresta, no campo. Safo-me de uma para me enfiar na outra. A vida toda. Mas me acostumei tanto com isso que já nem consigo me imaginar fazendo outra coisa. Glenn se trancou em sua jaula americana, e eu em minha jaula na Alta Áustria, ele disse, pensei. Ele, com sua mania de grandeza; eu, com meu desespero. Nós três com nosso desespero, disse, pensei. Contei a Glenn sobre nosso pavilhão de caça, ele disse; estou convencido de que foi isso que fez com que ele mandasse construir sua casa na floresta, *seu estúdio, sua máquina de desespero*, Wertheimer disse certa vez, pensei. Que doidice, construir uma casa com um estúdio no meio da floresta, isolada de tudo e de todos, a quilômetros de distância — só um maluco faz uma coisa dessas, um louco, afirmou ele. Eu não precisei construir meu estúdio de desespero: já tinha um, em Traich. Herdei-o de meu pai, que suportou viver sozinho ali durante anos, de uma forma menos melindrada, menos chorosa, menos miserável, menos ridícula do que eu, disse certa vez. Temos uma irmã ideal só para nós, e ela nos abandona no pior momento, sem qualquer escrúpulo, disse. Vai para a Suíça, onde tudo é podre; a Suíça é o país mais sem caráter da Europa, disse: lá, sempre tive a sensação de estar num bordel, disse. Um puteiro só, seja no campo ou nas cidades, disse. St. Moritz, Saas Fee, Gstaad — todas casas de tolerância, e isso para não falar em Zurique, Basiléia, bordéis internacionais, disse ele várias vezes, bordéis internacionais, nada mais que bordéis internacionais. Uma cidade sombria como Chur, onde até hoje o arcebispo ainda dá bom-dia e boa-noite!, exclamou. Para lá foi minha irmã, fugindo de mim, seu irmão cruel, o aniquilador da sua vida, da sua existência!, ele disse, pensei. Para Zizers, onde o catolicismo fede! A morte de Glenn me afeta profundamente, eu o ouvia dizer com nitidez, ali, no salão da pousada, ainda e sempre no mesmo lugar, eu tinha depositado somente a mala no chão nesse meio-tempo. Wertheimer tinha que se matar, disse a mim mesmo: não tinha mais futuro. Acabara com sua vida, esgotara-a. É muito próprio dele que tenha dormido com a dona da pousada na casa, pensei, e ergui os olhos para o teto, imaginando a cama e os dois deitados juntos bem em cima do salão. O superesteta em leito de merda, pensei. A sensibilidade em pessoa, que sempre acreditou que só podia viver na companhia de Schopenhauer, Kant, Spinoza, deitando-se de tempos em tempos com a dona de pousada de Wankham debaixo do cobertor grosseiro de penas de galinha. De início, tive que rir alto; depois, senti nojo. Ninguém tinha ouvido nem mesmo minha risada. A dona da pousada permanecia invisível. Para mim, o salão se tornava cada vez mais sujo, e a pousada, mais imponderável. Mas eu não tinha outra escolha; esta era e continua sendo a *única* pousada da região. Glenn nunca tocou Chopin, pensei. Recusou todos os convites e os mais altos cachês. Procurava sempre dissuadir as pessoas de que seria um homem infeliz: era *o mais feliz, o mais bem-sucedido*. *Música/ obsessão/ sede de glória/ Glenn*, anotei certa vez no meu primeiro caderno de notas em Madri. Aquelas pessoas na Puerta del Sol que descrevi numa carta a Glenn em 1963, depois de ter descoberto *Hardy*. Descrição de uma tourada, reflexões do Parque do Retiro, pensei, que Glenn jamais comentou. Wertheimer convidou Glenn diversas vezes para ir a Traich; pensou que o pavilhão de caça com certeza iria agradar a ele, mas Glenn nunca aceitou o convite; se o próprio Wertheimer não era um sujeito do tipo pavilhão de caça, que dirá Glenn. Horowitz não era um matemático como Glenn foi. *Foi*. Dizemos *ele é* e, de repente, *ele foi*, esse pavoroso *foi*, pensei. Wertheimer se intrometia quando eu estava estudando Schönberg, por exemplo; Glenn nunca. É que Wertheimer não admitia que alguém soubesse mais do que ele, não suportava que lhe explicassem o que não sabia. Vergonha da ignorância, pensei, em pé, na pousada, esperando pela dona. Por outro lado, quem mais lia de nós três não era Glenn nem eu, mas Wertheimer; eu não lia muito, e quando o fazia, lia sempre a mesma coisa, os mesmos livros dos mesmos escritores, lia e relia sempre os mesmos filósofos, como se fossem outros, completamente diferentes. Esse dom de absorver as mesmas coisas sempre de um modo diferente, eu tinha desenvolvido ao máximo, transformando-o numa arte elevada, fantasticamente elevada; nem Wertheimer nem Glenn possuíam essa qualidade. Glenn não lia quase nada; abominava a literatura, o que combinava muito bem com sua pessoa. Só me interessa o que serve a meu verdadeiro propósito, disse uma vez: à minha arte. De Bach, tinha tudo na cabeça, assim como de Händel; de Mozart, muita coisa, e tudo de Bartók também; era capaz de sentar e *interpretar* — para usar a expressão dele — horas a fio, sem cometer um único erro, é claro; *glennialmente*, como dizia Wertheimer. No fundo, no mesmo instante em que o conheci no Mönchsberg, ficou claro para mim que eu estava diante da pessoa mais extraordinária que já tinha encontrado na vida, pensei. O fisionomista que trago em mim não erra. Somente anos depois veio, por assim dizer, a confirmação por parte do mundo, embaraçosa para mim como tudo o que os jornais constatam. Nós existimos, não temos outra escolha, Glenn me disse certa vez. É um absurdo completo aquilo por que temos que passar, ele também, pensei. A própria morte de Wertheimer era de se prever, pensei. Curiosamente, porém, Wertheimer sempre dizia que *eu* iria me matar, que eu iria me enforcar na floresta, *no seu amado Parque do Retiro*, afirmou uma vez, pensei. Nunca me perdoou pelo fato de eu ter caído fora, de ter ido para Madri sem avisar ninguém, deixando tudo para trás na Áustria. Tinha se acostumado comigo ao lado dele em suas andanças por Viena, anos a fio, uma década inteira, percorrendo, porém, os caminhos dele, e não os meus, pensei. Ele sempre andou mais rápido do que eu, só a muito custo eu conseguia acompanhá-lo, embora o doente fosse *ele* e não eu; precisamente porque o doente era *ele*, ia sempre na frente, pensei, já de saída me deixando sempre para trás. *O náufrago* é uma invenção genial do Glenn, pensei, que *viu* Wertheimer *por dentro* desde o primeiro instante, como *via por dentro* e de imediato todos que conhecia. Wertheimer levantava às cinco da manhã, eu às cinco e meia, enquanto Glenn levantava somente às nove e meia, porque só tinha ido deitar por volta das quatro da madrugada, não para dormir, como dizia, mas para *deixar a exaustão ecoar até o fim*. Eu me matar, estando Glenn já morto e tendo Wertheimer se suicidado, pensei, olhando em torno no salão da pousada. Glenn também sempre temeu a umidade das pousadas austríacas; tinha medo de adoecer e morrer nesses salões austríacos sempre pouco ou nem sequer arejados. E, de fato, muita gente adoece e morre em nossas pousadas; os donos não abrem as janelas, nem mesmo no verão, de modo que a umidade pode se instalar para sempre nas paredes. E esse novo mau gosto em toda parte, pensei, a proletarização total até das nossas pousadas mais bonitas segue adiante. Não há palavra que me enoje mais do que *socialismo*, quando penso no que fizeram dela. Por toda parte se vê esse socialismo-cachorro dos cachorros dos nossos socialistas, que exploram o socialismo contra o povo e que com o tempo tornaram esse povo tão ordinário quanto eles próprios. Hoje, para onde quer que se olhe, vê-se, sente-se esse *socialismo ordinário e mortal*, que impregnou tudo. Os cômodos desta pousada eu conheço, pensei: eles matam. A idéia de ter vindo a Wankham com o único propósito de rever o pavilhão de caça me pareceu infame. Por outro lado, disse a mim mesmo mais uma vez e de imediato que devia isso a Wertheimer, exatamente esta frase — devo isto a Wertheimer — disse a mim mesmo em voz alta. Uma mentira atrás da outra. A curiosidade, que sempre foi minha característica mais proeminente, tomara conta de mim outra vez. É provável que herdeiros já tenham esvaziado o pavilhão de caça, pensei; já mudaram tudo: herdeiros com freqüência agem rápido e com uma desconsideração de que não fazemos idéia. Em geral, poucas horas depois da morte do testador, como se diz, já limpam tudo, somem com tudo e não deixam mais ninguém chegar perto. Ninguém lançou sobre os próprios parentes uma luz tão terrível como Wertheimer, *um retrato devastador*. Odiava o pai, a mãe e a irmã, culpando-os por sua própria infelicidade. Acusava-os sem parar pelo fato de ele ter que existir, de o terem jogado numa ponta da pavorosa máquina da existência para que ele saísse destruído por inteiro na outra ponta. Não adianta reagir, vivia dizendo. A criança é jogada nessa máquina da existência pela mãe, e o pai mantém a vida toda a máquina em funcionamento, despedaçando coerentemente o filho. Os pais sabem muito bem que em seus filhos dão continuidade à desgraça que eles próprios são; agem com crueldade ao fazer os filhos e lançá-los na máquina da existência, disse ele, pensei, contemplando o salão. Vi Wertheimer pela primeira vez na Nussdorferstrasse, em frente ao mercado. Esperavam que ele viesse a ser comerciante como o pai, mas no fundo tampouco se tornou o que ele próprio queria: músico; em vez disso, foi *destruído pelas chamadas ciências do espírito*, segundo suas palavras. Fugimos de uma coisa para outra e nos destruímos, disse. Continuamos sempre fugindo, até acabarmos, disse. O gosto pelos cemitérios, como eu, pensei; dias inteiros passados nos cemitérios em Döbling e em Neustift, à beira da floresta, pensei. A ânsia eterna de querer sempre estar sozinho, pensei, que também sinto. Wertheimer não era um viajante como eu. Não tinha a paixão por se mudar. Esteve uma vez no Egito com os pais, e foi só. Enquanto eu aproveitei cada oportunidade de viajar para longe, para qualquer lugar; da primeira vez, para Veneza, com a maleta de médico do meu avô e cento e cinqüenta xelins para passar dez dias, ainda por cima recheados de visitas diárias à Accademia e de idas aos espetáculos no Fenice. *Tancredi* visto pela primeira vez em *La Fenice*, pensei; pela primeira vez, o desejo de *tentar* a música. Wertheimer foi sempre e apenas o náufrago. Ninguém jamais percorreu tantas ruas de Viena quanto ele, de e para todas as direções, repetidas vezes, até o esgotamento total. Uma manobra de despistamento, pensei. Seu consumo de sapatos era imenso. *Fetichista de sapatos*, dissera-lhe Glenn; acho que ele tinha uns cem pares de sapatos em sua casa no Kohlmarkt, levando a irmã à beira da loucura também por isso. Ele venerava, amava mesmo a irmã, pensei, e com o passar do tempo deixou-a louca. No último instante, ela escapou dele, partindo para Zizers, nas proximidades de Chur; nunca mais mandou notícias, abandonou-o. As roupas dela, ele as deixou nos armários, do jeito que ela as abandonara. Não tocou mais em coisa alguma que era dela. No fundo, *usei e abusei* de minha irmã *apenas para virar as páginas para mim*, disse certa vez, pensei. Ninguém virava as páginas das partituras tão bem; à minha maneira inescrupulosa, eu a ensinei, disse, e no começo ela nem sabia ler. *Minha genial viradora de páginas*, disse ele certa vez, pensei. Rebaixara a irmã a viradora de páginas, o que com o tempo ela acabou por não suportar mais. Sua crença de que *ela nunca vai encontrar um homem* acabou se revelando um terrível equívoco, pensei. Wertheimer tinha construído um cárcere absolutamente seguro para a irmã, à prova de fugas, mas ela escapou, na calada da noite, como se diz. O efeito que isso provocou nele foi o de uma terrível vergonha. Sentado em sua poltrona, ele só pensava em se matar, como afirmou, pensei, dias e dias meditando sobre como iria se suicidar, o que por fim acabou não fazendo. A morte de Glenn transformara o pensamento no suicídio em um estado permanente; a fuga da irmã fortalecera esse estado. Com toda a força da realidade, a morte de Glenn tinha trazido à consciência de Wertheimer o próprio fracasso. Quanto à irmã, porém, havia sido uma vulgaridade de sua parte, uma vileza tê-lo deixado sozinho, na maior aflição, por causa de um suíço absolutamente medíocre, que veste horríveis capas de chuva de lapelas pontudas e usa sapatos Bally com fivelas de latão, ele me disse, pensei. Eu não devia tê-la deixado ir àquele médico horroroso, Horch (seu médico!), disse, pois foi lá que ela conheceu o suíço. Os médicos compactuam com os proprietários de indústrias químicas, afirmou, pensei. *Não devia tê-la deixado ir*, disse ele, referindo-se à irmã de *quarenta e seis anos*, pensei. A irmã de quarenta e seis anos tinha que pedir permissão a ele para sair, pensei, e tinha que prestar contas de cada uma das visitas que fazia. De início, Wertheimer acreditou que o suíço — a quem julgara de imediato um calculista inescrupuloso — tinha se casado com sua irmã por causa do dinheiro dela; depois, porém, verificou-se que o homem era ainda muito mais rico do que eles dois juntos, ou seja, era *podre* de rico, suiçamente rico, o que significa muito mais rico do que austriacamente rico, disse. Segundo Wertheimer, o pai desse sujeito (do suíço) havia sido um dos diretores do Banco Leu, de Zurique, imagine só, disse, o filho é dono de um dos maiores conglomerados de indústrias químicas! A primeira mulher do suíço tinha morrido misteriosamente: ninguém sabia a verdade. Minha irmã como segunda mulher de um arrivista!, exclamou ele, pensei. Uma vez, ficou sentado oito horas num banco da igreja gelada de santo Estêvão fitando o altar, e o sacristão o mandou embora dizendo: *vamos fechar, meu senhor.* Na saída, num ato impensado, deu uma nota de cem xelins ao sacristão, ele me contou. Meu desejo era ficar sentado na igreja até cair morto, disse. Mas não consegui, nem mesmo me concentrando totalmente no meu desejo. Não foi possível me concentrar totalmente nisso, disse, e nossos desejos somente são satisfeitos se empregamos a máxima concentração neles. Desde menino tinha vontade de morrer, de se matar, como se diz, mas nunca alcançou a concentração necessária para tanto. Não conseguia se haver com o fato de ter nascido num mundo que, em essência, tinha sido sempre repugnante para ele, desde o princípio. Cresceu acreditando que um dia aquele desejo de morrer iria desaparecer de repente, mas com o passar dos anos o desejo foi se tornando cada vez mais intenso, jamais, porém, atingindo a máxima intensidade e concentração, disse. Minha continuada curiosidade me impediu o suicídio, ele disse, pensei. Não perdoamos nosso pai por nos ter feito, nossa mãe, por nos ter parido, e nossa irmã, por *ser* sempre testemunha da nossa infelicidade. Afinal, viver significa apenas desesperar, disse. Quando me levanto, penso com repugnância em mim mesmo e tenho pavor de tudo o que me espera. Quando me deito, só sinto o desejo de morrer, de não acordar mais, mas então acordo, e esse processo horroroso se repete, e continua enfim se repetindo por cinqüenta anos, disse. E pensar que durante cinqüenta anos só desejamos estar mortos e, no entanto, continuamos vivos e sem poder fazer nada para alterar isso, porque somos absolutamente *inconseqüentes*, disse. Porque somos a mesquinhez em pessoa, a vileza em pessoa. *Sem talento para a música!*, exclamou ele: *Sem talento para a vida!* Somos tão arrogantes que acreditamos estar estudando música, quando na verdade não somos capazes nem sequer de viver, somos incapazes até de existir, e afinal não existimos: somos existidos!, ele me disse certa vez na Währingerstrasse, depois de termos caminhado durante quatro horas e meia por Brigittenau, até a exaustão. Antes, passávamos metade da noite no *Koralle*, ele disse, agora não vamos nem ao Kolosseum! — disse, *como tudo se fez absolutamente desfavorável*. Achamos que temos um amigo e então, com o passar do tempo, vemos que não temos amigo nenhum, porque não temos ninguém, essa é que é a verdade, disse. Agarrara-se ao Bösendorfer, e tudo acabou por se revelar um equívoco, um horror. Glenn havia tido a sorte de sucumbir diante de seu Steinway, no meio das *Variações Goldberg*. Wertheimer, por sua vez, tentava sucumbir fazia anos, sem sucesso. Tinha estado várias vezes com a irmã na chamada alameda principal do Prater, porque era bom para a saúde dela, disse, para que ela tomasse um pouco de ar fresco, mas ela não honrava esses passeios. *Por que sempre a alameda principal do Prater, e não Burgenland? Por que sempre o Prater, e não Kreuzenstein ou Retz?* Nunca estava satisfeita, e eu fiz de tudo por ela, que podia comprar todas as roupas que queria, disse. Mimei minha irmã, disse. E no ápice desse mimo todo, prosseguiu, ela foi embora para Zizers, perto de Chur, para essa região horrorosa. Todo mundo vai para a Suíça quando não sabe mais o que fazer, ele disse, pensei. Mas a Suíça acaba sendo o cárcere mortal para todos; sufocam na Suíça pouco a pouco, asfixiam-se de Suíça, como minha irmã também vai se asfixiar de Suíça, previa; Zizers vai matá-la, o suíço vai matá-la, a Suíça vai matá-la, disse, pensei. E foi justo para Zizers, esse nome que é uma perversão!, disse, pensei. É provável que meus pais tenham concebido assim, disse, eu e minha irmã juntos a vida toda, assim calcularam eles. Mas essa concepção, esse cálculo não deu certo. Fazemos um filho, talvez tenham pensado, damos uma irmã a ele e os dois seguem vivendo juntos até o fim da vida, apoiando-se mutuamente, aniquilando-se mutuamente; essa foi talvez a idéia dos pais, sua idéia diabólica, disse. Concebem alguma coisa, mas naturalmente essa sua concepção não pode vingar, disse. A irmã não se manteve fiel à concepção, ela era a mais forte, disse, eu fui sempre o mais fraco, a parte fraca, sem dúvida, disse. Na subida do monte, ele quase já não conseguia respirar e, no entanto, disparava na minha frente. Não podia subir escadas, mas chegava primeiro do que eu ao terceiro andar — tentativas de suicídio, pensei agora contemplando o salão, tentativas inúteis de escapar da existência. Uma vez, ele me contou, viajou com a irmã para Passau porque o pai o havia persuadido de que Passau era uma bela cidade, uma cidade repousante, uma cidade extraordinária, mas já ao chegar perceberam que Passau era uma das cidades mais feias que existem, pretendendo rivalizar com Salzburgo, uma cidade regurgitante de desamparo, feiúra e deselegância repugnante, que, movida por uma perversa presunção, se autodenomina a cidade dos três rios. Caminharam um pouquinho pela cidade dos três rios e logo deram meia-volta, retornando a Viena de táxi, porque demoraria muito tempo para que o próximo trem partisse para lá. Depois dessa experiência em Passau, desistiram de todos os planos de viagens por anos, pensei. Se, nos anos seguintes, a irmã externava o desejo de viajar para algum lugar, Wertheimer lhe dizia: *Lembre-se de Passau!* — matando na raiz qualquer conversa sobre viagens entre a irmã e ele. No lugar do Bösendorfer leiloado, tinham posto uma escrivaninha da época de José II, pensei. Também não precisamos estar sempre querendo estudar alguma coisa, pensei; já é suficiente que pensemos, nada mais do que pensar, dar asas ao pensamento. Que cedamos a uma determinada visão de mundo, que simplesmente nos entreguemos a ela, mas isso é o mais difícil, pensei. À época em que mandou leiloar o Bösendorfer, Wertheimer ainda não estava em condições de proceder dessa maneira, nem mesmo mais tarde; eu, ao contrário, fui capaz de fazê-lo, pensei. Essa vantagem me permitiu também, um belo dia, sumir da Áustria munido apenas de uma pequena maleta, primeiro rumo a Portugal, depois, à Espanha, estabelecendo-me na calle del Prado, bem ao lado da Sotheby. De repente e, por assim dizer, da noite para o dia, eu havia me transformado num *artista da visão de mundo*. Tive que rir dessa expressão que inventei. Dei alguns passos em direção à janela da cozinha, mas já sabia que não dava para ver nada através dela, porque, como disse, era uma sujeira só. As janelas das cozinhas austríacas são todas sujas, não se pode ver através delas; claro que é uma grande vantagem, pensei, não se poder ver através delas, porque do contrário se estaria olhando diretamente para a catástrofe, para o caos das cozinhas imundas. Retornei os poucos passos que dera até a janela da cozinha e voltei a me postar onde tinha estado o tempo todo. Glenn morreu no momento mais favorável para ele, pensei, mas Wertheimer não se matou no momento mais propício; quem se mata, nunca se mata no momento mais propício para si mesmo, mas a chamada morte natural vem sempre no momento mais favorável. Wertheimer quis competir com Glenn, pensei, e ao mesmo tempo dar uma lição na irmã, *vingar-se* dela, indo se enforcar justamente a apenas uns cem passos da frente da casa dela em Zizers. Comprou uma passagem para Zizers, nas proximidades de Chur, viajou para lá e se enforcou a uns cem passos da casa da irmã. O corpo encontrado não foi reconhecido por vários dias. Somente quatro ou cinco dias depois de encontrado o cadáver é que o nome *Wertheimer* chamou a atenção de um funcionário do hospital em Chur, que o ligou à esposa do proprietário das indústrias químicas, a qual ele conhecera anteriormente como sra. Wertheimer, de modo que o funcionário, desconfiado, perguntou em Zizers se havia algum parentesco entre o suicida Wertheimer que jazia no necrotério e a esposa do proprietário do conglomerado de indústrias químicas. A irmã de Wertheimer, que nem sequer sabia que alguém tinha se enforcado a cem passos de sua casa, foi imediatamente para o necrotério e, como se diz, identificou o irmão. O cálculo de Wertheimer dera certo: com a maneira e o local escolhido para o suicídio, ele mergulhou a irmã num complexo de culpa para a vida toda, pensei. Um cálculo assim combina com Wertheimer, pensei. Mas fez dele uma pessoa desprezível, pensei. Tinha partido de Traich já com a intenção de se enforcar numa árvore a cem passos da casa da irmã, pensei. Um suicídio calculado com grande antecedência, pensei, e não um ato espontâneo de desespero. De Madri, eu não teria viajado até Chur para o enterro, pensei, mas como estava em Viena, era natural que fosse até lá. E, de lá, para Traich. Perguntava-me agora com insistência se, em vez de fazer escala em Traich, não teria sido melhor partir direto para Viena; no momento, não tinha certeza do que procurava ali, além da satisfação barata de minha curiosidade; que minha presença ali era necessária, eu tinha posto na cabeça, inventado, uma necessidade que eu forjara para mim mesmo. Não disse à irmã de Wertheimer que pretendia ir a Traich porque, ainda em Chur, não pretendia mesmo; somente no trem me veio a idéia de desembarcar em Attnang Puchheim, viajar até Traich e pernoitar em Wankham, como tinha me acostumado a fazer em minhas visitas anteriores a Traich, pensei. Sempre achei que um dia iria ao funeral de Wertheimer; claro que nunca soube quando isso iria acontecer, sabia apenas que seria assim, embora nunca tenha externado esse pensamento, sobretudo diante do próprio Wertheimer, ao passo que ele, Wertheimer, me dizia com bastante freqüência que um dia *ele* iria *ao meu funeral*, e era nisso que eu pensava, ainda e sempre à espera da dona da pousada. E tinha certeza de que Wertheimer iria se matar um dia, por todas essas razões desfilando ininterruptamente em minha cabeça. Conforme se verificou, a morte de Glenn não foi decisiva para o suicídio de Wertheimer — a irmã ainda teve que abandoná-lo —, mas foi o começo do seu fim, deflagrado pelo casamento da irmã com o suíço. Wertheimer tentou se salvar por intermédio das caminhadas sem fim por Viena, mas essa tentativa fracassou, não havia mais salvação, visitas aos bairros de trabalhadores de que ele gostava tanto, nos vigésimo e vigésimo primeiro distritos, sobretudo a Brigittenau, Kaisermühlen principalmente, ao Prater com suas indecências, Zirkusgasse, Schüttelstrasse, Radetzkystrasse etc. Caminhara meses por Viena, dia e noite, até sucumbir. Não adiantava mais. Também o pavilhão de caça em Traich, que a princípio ele julgara uma salvação, acabou por se revelar uma falácia; conforme sei, de início ele passou três semanas trancado lá dentro; depois, foi importunar os lenhadores com seus problemas. Mas as pessoas simples não entendem as complicadas, repelindo-as de volta para si mesmas de forma mais inescrupulosa do que as demais, pensei. Acreditar que as pessoas ditas simples podem trazer salvação é o maior dos enganos. Vai-se até elas em grande aflição, suplicando por salvação, e o que elas fazem é apenas mergulhar o sujeito num desespero ainda mais profundo. E, aliás, como é que elas podem salvar o extravagante em sua extravagância?, pensei. Depois que a irmã o abandonou, Wertheimer não tinha outra escolha a não ser se matar, pensei. Queria publicar um livro, mas não chegou a fazê-lo porque vivia alterando o manuscrito, com tanta freqüência e durante tanto tempo que não restou nada dele; as modificações não significaram nada mais do que a aniquilação total do manuscrito, do qual por fim sobrou apenas o título: O náufrago. Agora só resta o título, ele me disse, e é bom que seja assim. Não sei se tenho forças para escrever um outro livro; não acredito, disse; se O náufrago tivesse sido publicado, eu teria que me matar, ele disse, pensei. Mas, por outro lado, ele era o homem das notas, escrevia milhares, dezenas de milhares delas, empilhando essas notas tanto na casa do Kohlmarkt quanto no pavilhão de caça. Talvez sejam as notas o que realmente interessa a você, o que fez com que você desembarcasse em Attnang Puchheim, pensei. Ou então é só uma manobra de retardamento, porque você tem pavor de Viena. Alinhavar milhares dessas notas, pensei, e publicá-las sob o título de O náufrago. Besteira. Calculava que Wertheimer tinha eliminado todas as suas notas em Traich e em Viena. Não deixar pistas era, aliás, uma de suas máximas. Morto o amigo, nós o crucificamos com suas próprias máximas, com seus ditos, nós o matamos com suas próprias armas. Por um lado, ele continua vivendo em tudo aquilo que disse a nós (e aos outros) em vida; por outro, usamos isso para matá-lo. No que se refere ao que ele disse, a suas anotações, somos os mais inescrupulosos, pensei; e se não dispomos mais dessas anotações, porque ele sabiamente as destruiu, recorremos ao que ele disse para aniquilá-lo, pensei. Pilhamos o espólio para aniquilar ainda mais aquele que nos legou esse espólio, para matar ainda mais o morto, e se ele não nos legou o correspondente espólio aniquilador, inventamos um, simplesmente inventamos declarações para usá-las contra ele etc., pensei. Herdeiros são cruéis, os que seguem vivendo desconhecem qualquer escrúpulo, por mínimo que seja, pensei. Procuramos testemunhos contra o morto, pensei, em nosso benefício. Para melhorar nossa situação, saqueamos tudo que possa ser utilizado contra ele, pensei, essa é que é a verdade. Wertheimer sempre foi um candidato ao suicídio, mas passou do ponto; precisaria ter se matado muitos anos *antes* de seu suicídio de fato, muito antes da morte de Glenn, pensei. Portanto, seu suicídio é embaraçoso, vil, sobretudo pelo fato de ele ter se matado justamente diante da casa da irmã em Zizers, pensei, reagindo a minha consciência pesada, que ainda não superara o fato de eu não ter respondido às cartas de Wertheimer, de, mais ou menos ignominiosamente, tê-lo deixado sozinho; que eu não podia deixar Madri tinha sido apenas uma mentira ordinária, empregada para não ter que me colocar à mercê de meu amigo, que esperava de mim, percebo agora, uma última chance de sobrevivência, que me enviou quatro cartas para Madri antes de se suicidar, cartas que eu não respondi; somente na quinta escrevi de volta, dizendo que não estava disponível, que não podia destruir meu trabalho apenas por causa de uma viagem à Áustria, qualquer que fosse o propósito. Tinha invocado como pretexto meu *Sobre Glenn Gould*, esse ensaio malsucedido que, ocorreu-me agora, vou queimar assim que voltar a Madri porque não tem o menor valor. Ignominiosamente, abandonei Wertheimer, pensei, voltei as costas para ele em sua extrema aflição. Mas reprimi com veemência a idéia de ter tido alguma culpa em seu suicídio; eu já não teria sido útil a ele, disse a mim mesmo, não teria podido salvá-lo: ele estava pronto para o suicídio. Só pode ter sido a escola, pensei, e ainda por cima uma escola superior de música! Antes de mais nada, a idéia de se tornar famoso, e, aliás, da maneira mais fácil e à maior velocidade possível, propósito para o qual, naturalmente, uma escola de música oferece o trampolim ideal — assim pensávamos nós três: Glenn, Wertheimer e eu. Mas só Glenn conseguiu o que nós três pretendíamos; em última instância, ele nos usou para atingir seu intento, pensei, usou e abusou de nós dois para se tornar o Glenn Gould, ainda que inconscientemente, pensei. Nós, Wertheimer e eu, tínhamos que desistir para abrir caminho para ele. Por um momento, essa conclusão não me pareceu tão absurda quanto me parece agora, pensei. O fato é que quando veio para a Europa fazer o curso do Horowitz, Glenn já era um gênio, enquanto nós, na mesma época, já éramos os fracassados, pensei. No fundo, eu não queria ser um virtuose do piano; o Mozarteum e tudo que se ligava a ele tinham sido um mero pretexto para me salvar de meu efetivo tédio do mundo, do meu enfastiamento bastante precoce da vida. E Wertheimer, no fundo, agiu da mesma forma; por isso não demos em nada, como se diz: porque jamais tínhamos pensado em nos tornar alguma coisa, ao contrário de Glenn, que queria de todo modo ser Glenn Gould e que só precisou vir para a Europa usar e abusar de Horowitz para se tornar o gênio que acima de qualquer outra coisa desejava ser, um *assombro* pianístico *mundial*, por assim dizer. Diverti-me com essa expressão, *assombro mundial*, ainda e sempre de pé no salão à espera da dona da pousada, que lá nos fundos, imaginei, provavelmente se ocupava de alimentar os porcos, a julgar pelos ruídos provenientes daquela direção. De minha parte, nunca senti essa *necessidade de assombrar o mundo*, e tampouco Wertheimer, pensei. A cabeça de Wertheimer era mais parecida com a minha que a de Glenn, pensei, que tinha de fato uma cabeça de virtuose, ao passo que nós, Wertheimer e eu, tínhamos cabeças de intelectuais. Se agora, no entanto, tivesse que definir uma cabeça de virtuose, eu seria tão incapaz de fazê-lo quanto de dizer o que seria uma cabeça de intelectual. Não foi Wertheimer quem fez amizade com Glenn, fui eu; eu me aproximei dele e fiz amizade; somente depois Wertheimer veio se juntar a nós, e no fundo permaneceu sempre à parte. Tínhamos, porém, os três, pode-se dizer, uma *amizade para a vida toda*, pensei. Com seu suicídio, Wertheimer tinha prejudicado seriamente apenas a própria irmã, pensei; esse nicho provinciano chamado Zizers, de agora em diante, vai se lembrar sempre do suicídio do irmão da esposa do proprietário do conglomerado de indústrias químicas, pensei, e o descaramento dele de ter se enforcado numa árvore diante da casa da irmã pesa ainda mais contra ela. Wertheimer não dava nenhum valor a *solenidades fúnebres*, pensei, e tampouco teria recebido uma homenagem dessas em Chur, onde foi enterrado. Significativamente, o enterro teve lugar às cinco horas da manhã; presentes, além dos funcionários de uma funerária local, estavam apenas a irmã de Wertheimer, seu marido e eu. Perguntaram-me se queria vê-lo ainda uma vez (o curioso é que foi a irmã de Wertheimer quem perguntou), e no mesmo instante respondi que não. A sugestão repugnara-me, como de resto a cerimônia toda e os que dela participavam. Melhor teria sido não ter vindo até Chur para o funeral, pensei agora. Do telegrama que a irmã de Wertheimer me enviara não havia sido possível depreender que ele tinha se suicidado; continha apenas o horário do funeral. De início, pensei que ele havia *morrido* em visita à irmã. Espantei-me, é claro, que ele tivesse feito tal visita, não podia imaginar que viesse a fazê-la. Wertheimer jamais teria visitado a irmã em Zizers, pensei. Puniu a irmã com a pena máxima, pensei: destruiu-lhe o cérebro para toda a vida. A viagem de Viena a Chur durou treze horas; os trens austríacos estão às traças; nos vagões-restaurantes, quando eles existem, a comida é a pior possível. Diante de um copo de água mineral, eu pretendia reler depois de vinte anos *O jovem Törless*, de Musil, mas não consegui; não suporto mais narrativas: leio uma página e sou incapaz de prosseguir. Não suporto mais descrições. Por outro lado, tampouco consegui matar o tempo lendo Pascal; conhecia os *Pensamentos* de cor, e a fruição prazerosa de seu estilo se esgotou logo. Contentei-me, pois, em *contemplar* a paisagem. A impressão que as cidades causam, quando se passa por elas, é de decadência; as casas dos camponeses foram todas arruinadas, já que seus proprietários trocaram as janelas antigas por novas e horríveis janelas de plástico. Não são mais as torres das igrejas que dominam a paisagem, mas os silos de plástico importados, as torres superdimensionadas dos armazéns. A viagem de Viena a Linz não passa de uma viagem pelo mau gosto. E de Linz a Salzburgo a situação não é melhor. Além disso, as montanhas tirolesas me afligem. Sempre detestei Vorarlberg, tanto quanto a Suíça, onde mora a estupidez, como meu pai sempre dizia, e nesse ponto eu não discordava dele. Eu conhecia Chur de várias estadas ali com meus pais, pois quando viajávamos para St. Moritz, pernoitávamos em Chur, sempre no mesmo hotel, que fedia a chá de menta e onde conheciam meu pai e lhe davam vinte por cento de desconto porque ele *permanecera fiel por mais de quarenta anos* ao tal hotel. Era um hotel considerado bom, no centro da cidade, não me lembro mais como se chamava, talvez *Ao Sol*, se não estou enganado, embora ficasse no lugar mais escuro da cidade. Nas tabernas de Chur serviam o pior vinho e as mais insípidas salsichas. Meu pai sempre jantava conosco no hotel, pedia alguma coisinha e dizia que Chur era uma *escala agradável*, o que nunca entendi, já que achava Chur bastante desagradável. Em sua estupidez montanhesa, eu odiava os habitantes de Chur ainda mais que os de Salzburgo. Para mim, sempre foi um castigo ter que viajar com meus pais, às vezes somente com meu pai, para St. Moritz, fazendo escala em Chur, tendo que desembarcar naquele hotel miserável, cujas janelas davam para uma ruazinha estreita, úmida até o segundo andar. Nunca consegui dormir ali: ficava sempre acordado, no maior desespero. Na verdade, Chur é o lugar mais melancólico que já vi; nem mesmo Salzburgo é tão melancólica e em última instância tão doentia quanto Chur. E seus habitantes são a mesma coisa. Mesmo permanecendo uma única noite em Chur, um homem pode se arruinar para a vida toda. Até hoje, porém, não é possível viajar de trem de Viena a St. Moritz em um dia só, pensei. Não pernoitei em Chur porque, como disse, as lembranças de infância que tinha da cidade eram deprimentes.

Apenas me deixei levar através da cidade e desembarquei entre Chur e Zizers, num local onde tinha descoberto uma placa de hotel. *Águia Azul*, li na manhã seguinte, a do enterro, ao deixar o hotel. Naturalmente, não tinha conseguido dormir. Glenn não havia desempenhado de fato um papel decisivo no suicídio de Wertheimer, pensei; somente a partida da irmã, seu casamento com o suíço, é que iria desempenhar tal papel. Antes da minha partida para Chur, aliás, em minha casa em Viena, eu tinha ouvido diversas vezes as *Variações Goldberg* tocadas por Glenn, sempre do começo ao fim. Enquanto as ouvia, levantava-me a toda hora da poltrona e andava para lá e para cá em meu escritório, imaginando que Glenn estava *de fato* tocando as *Variações Goldberg* em minha casa e procurando descobrir onde estava a diferença entre a *interpretação naquele* disco e a *interpretação* de vinte e oito anos antes, diante de Horowitz e de nós, ou seja, de Wertheimer e de mim, no Mozarteum. Não constatei nenhuma diferença. Vinte e oito anos atrás, Glenn já tocava as *Variações Goldberg* como naquele disco, que, de resto, ele tinha me enviado por ocasião do meu qüinquagésimo aniversário, dando-o a minha amiga nova-iorquina, para que ela o trouxesse para mim em Viena. Ouvindo-o tocar as *Variações Goldberg*, pensava na crença dele de que estava se imortalizando com essa interpretação, o que provavelmente conseguiu, pensei, pois não posso conceber que venha a existir outro pianista capaz de tocar as *Variações Goldberg* dessa maneira, isto é, de forma tão genial quanto Glenn. Enquanto ouvia as *Variações Goldberg* de Glenn Gould por causa de meu ensaio sobre ele, constatei com maior precisão ainda o desleixo de minha própria casa, aonde não ia fazia três anos. Durante esse tempo, nem eu nem ninguém mais tinha estado ali, pensei. Estava fora fazia três anos, recolhera-me inteiramente à calle del Prado e ao longo desses três anos já nem podia mais imaginar uma volta a Viena, nem mesmo pensava em vir de novo a Viena, à cidade tão detestada, ou à Áustria, ao país tão profundamente odiado. Foi minha salvação ter ido embora de Viena em definitivo, por assim dizer, e justo para Madri, que se tornou o centro ideal de minha existência, e não apenas com o passar do tempo, mas já desde o primeiro momento, pensei. Em Viena, eu teria sido devorado aos poucos, como Wertheimer dizia sempre; teria sido sufocado pelos vienenses e aniquilado pelos austríacos de um modo geral. Tudo em mim se apresenta de tal forma que Viena só pode me sufocar e a Áustria me aniquilar, pensei, da mesma forma como Wertheimer julgava que os vienenses acabariam por sufocá-lo e os austríacos por aniquilá-lo. Wertheimer, porém, não era o tipo de pessoa capaz de partir para Madri, Lisboa ou Roma da noite para o dia; ao contrário de mim, era incapaz de fazê-lo. Assim sendo, sempre lhe restou apenas a possibilidade de se refugiar em Traich, onde, no entanto, as coisas foram ainda piores para ele. Sozinho em Traich com as ciências do espírito, por assim dizer, ele só podia perecer. Na companhia da irmã, tudo bem; mas sozinho em Traich com suas ciências do espírito, não, pensei. A cidade de Chur, que nem chegou a conhecer, já o nome da cidade, Chur, a palavra *Chur*, ele a detestava tanto que tinha que ir até lá para se matar, pensei. A palavra *Chur*, tanto quanto a palavra *Zizers*, o tinha enfim obrigado a viajar para a Suíça e a se enforcar numa árvore, naturalmente numa árvore não muito longe da casa da irmã. *Tramado* era também, aliás, uma de suas palavras preferidas, e ela se aplica de fato ao suicídio dele, pensei: *o suicídio dele foi tramado*, pensei. Todos os meus pendores são funestos, ele me disse uma vez; tudo em mim possui essa tendência mortal, plantada por aqueles que me geraram, disse, pensei. Wertheimer sempre leu livros que tratavam de suicidas, doenças e mortes, pensei, em pé, na pousada, livros descrevendo a miséria humana, a falta de saída, a falta de sentido, a inutilidade, livros onde tudo é sempre devastador e mortal. Por isso amava acima de tudo Dostoiévski e todos os seus sucessores, a literatura russa como um todo, porque ela é a verdadeiramente mortal, mas gostava também dos deprimentes filósofos franceses. Porém, o que gostava mesmo de ler e lia com insistência eram os textos de medicina, e suas andanças sempre o conduziam aos hospitais e sanatórios, aos asilos e necrotérios. Esse hábito, ele manteve até o fim; embora temesse os hospitais, sanatórios, asilos e necrotérios, ele sempre entrava nesses hospitais, sanatórios, asilos e necrotérios. E se não entrava, porque não lhe fora possível fazê-lo, lia textos ou livros sobre doentes e doenças; lia textos ou livros sobre doentes terminais, se não tinha oportunidade de ir a sanatórios, ou textos e livros sobre a velhice, se não podia ir a asilos, bem como textos e livros sobre os mortos, se não tinha oportunidade de visitar necrotérios. Naturalmente, desejamos o convívio prático com as coisas que nos fascinam, disse certa vez, e portanto sobretudo com os enfermos, os doentes terminais, os velhos e os mortos, porque a teoria não basta para nós; ainda assim, por longos períodos de tempo, ficamos restritos ao convívio teórico, assim como, também em relação à música, ficamos muito tempo na teoria, ele disse, pensei. Era a infelicidade humana que o fascinava; não eram os homens em si que o atraíam, mas sua infelicidade, e esta podia ser encontrada onde quer que existissem seres humanos, pensei; Wertheimer era viciado em gente porque era viciado em infelicidade. O homem é a própria infelicidade, vivia dizendo, pensei; só os idiotas afirmam o contrário. Nascer é uma infelicidade, dizia, e ao longo de toda a vida damos prosseguimento a essa infelicidade; só a morte a interrompe. Isso não significa que sejamos apenas infelizes; nossa infelicidade é o pré-requisito para que possamos ser felizes também; é somente pela via da infelicidade que podemos ser felizes, ele dizia, pensei. Meus pais me mostraram apenas a infelicidade, disse, essa é que é a verdade, pensei, e, no entanto, sempre foram felizes, de tal modo que não podia dizer que seus pais haviam sido pessoas infelizes, bem como tampouco que tinham sido felizes; também ele não podia dizer de si próprio que era um homem feliz ou infeliz, porque todas as pessoas são, a um só tempo, felizes e infelizes — às vezes, sua infelicidade é maior do que sua felicidade e vice-versa. O certo é que há mais infelicidade do que felicidade nos homens, ele disse, pensei. Wertheimer era um *aforista*, escreveu inúmeros aforismos, pensei; é de se supor que os tenha eliminado; *escrevo aforismos*, vivia dizendo, pensei; é uma arte menor, da falta de fôlego intelectual, uma arte da qual certas pessoas viveram e continuam vivendo, sobretudo na França, os chamados semifilósofos dos criados-mudos das enfermeiras; eu poderia dizer também os filósofos dos calendários, para tudo e para todos — acabamos lendo suas máximas nas paredes das salas de espera dos médicos; tanto as ditas negativas quanto as chamadas positivas são igualmente repugnantes. Eu, porém, não consegui parar de escrever aforismos, e receio que já tenha anotado milhões deles, ele disse, pensei; faço bem em destruí-los, porque não pretendo que um dia venham a revestir as paredes dos quartos de hospital e das casas paroquiais, como fazem com Goethe, Lichtenberg e companheiros, ele disse, pensei. Como não nasci para ser filósofo, eu me tornei — não de todo inconscientemente, devo dizer — um aforista, um desses repulsivos figurantes da filosofia que existem aos milhares, disse, pensei. Almejar o máximo efeito com lampejos minúsculos e enganar a humanidade, ele disse, pensei. No fundo, sou apenas um desses aforistas perigosos para o público que, com sua ilimitada falta de escrúpulos e insolência irremediável, se imiscuem entre os filósofos como os escaravelhos entre os veados, disse, pensei. Se deixamos de beber, morremos de sede; se deixamos de comer, morremos de fome, ele disse — é a essas sábias conclusões que chegam todos os aforismos, a não ser os de Novalis; mas mesmo Novalis escreveu muita besteira, disse, pensei. No deserto, ansiamos por água, é mais ou menos o que afirma a máxima de Pascal, ele disse, pensei. Se formos rigorosos, disse, o que nos fica dos grandes esboços filosóficos é apenas um miserável ressaibo aforístico, seja qual for a filosofia ou o filósofo que escolhamos; tudo se esfarela, se o analisamos com a plenitude de nossas faculdades, ou seja, com todos os nossos instrumentos intelectuais, disse, pensei. Falo o tempo todo em ciências do espírito e nem mesmo sei o que são essas ciências do espírito, não faço a menor idéia, ele disse, pensei; falo em filosofia e não sei nada de filosofia; falo da existência e não sei nada dela, disse. Nosso ponto de partida é sempre e apenas que não sabemos coisa alguma sobre coisa nenhuma, não fazemos sequer uma idéia, disse, pensei. Quando abordamos algum problema, sufocamos de imediato no material imenso à nossa disposição, em todas as áreas, essa é que é a verdade, disse, pensei. E, embora saibamos disso, continuamos sempre abordando nossas chamadas questões intelectuais, e nos deixamos mergulhar no impossível: *gerar um produto intelectual. Isso é loucura!*, ele disse, pensei. Fundamentalmente, somos capazes de tudo, mas, também fundamentalmente, fracassamos em tudo, disse, pensei. Os nossos grandes filósofos, nossos grandes poetas, se reduzem a uma única frase bem-sucedida, essa é que é a verdade; em geral, o que nos fica é tão-somente um matiz filosófico, como se diz, e nada mais, ele disse, pensei. Estudamos uma obra imensa, como, por exemplo, a de Kant, e com o passar do tempo ela se reduz à cabecinha prussiana oriental de Kant e a um mundo inteiramente vago de noite e neblina, que termina no mesmo desamparo de todos os outros, disse, pensei. Um mundo que pretendeu ser uma imensidão, mas do qual restou um detalhe ridículo, ele disse, pensei, como acontece com tudo. No fim, a chamada grandeza chega a um ponto no qual só conseguimos ainda sentir pena de seu caráter ridículo, deplorável. O próprio Shakespeare se reduz ao risível, se dispomos de um momento de clarividência, disse, pensei. Há tempos os deuses só nos aparecem de colarinho, em nossas canecas de cerveja, disse, pensei. Somente um idiota se admira, disse, pensei. O assim chamado homem do espírito se consome numa obra que, julga, marcará época e no fim se fez tão-somente ridículo, chame-se ele Schopenhauer ou Nietzsche, tanto faz, seja ele Kleist ou Voltaire, o que vemos é uma figura comovente, que abusou da própria cabeça e acabou por conduzir a si próprio *ad absurdum*. É atropelado e ultrapassado pela história. Trancamos nossos grandes pensadores em nossas estantes de livros, de onde, condenados para sempre ao ridículo, eles nos fitam, ele disse, pensei. Dia e noite ouço a choradeira dos grandes pensadores que trancamos em nossas estantes, essas grandezas intelectuais ridículas com suas cabeças encolhidas atrás do vidro, disse, pensei. Todas essas pessoas atentaram contra a natureza, disse, cometeram o pecado capital contra o *espírito*, e por essa razão são punidas, enfiadas por nós para sempre em nossas estantes. E, em nossas estantes, elas sufocam, essa é que é a verdade. Nossas bibliotecas são, por assim dizer, penitenciárias onde trancafiamos nossos grandes intelectos, Kant, é claro, numa cela só para ele, assim como Nietzsche, Schopenhauer, Pascal, Voltaire, Montaigne, todos os grandes em celas individuais, os demais em celas comuns, mas todos eles para todo o sempre, meu caro, até o final dos tempos e eternidade adentro, essa é que é a verdade. E ai daquele que, tendo cometido o crime capital, tenta fugir, escapar: acabam com ele de imediato e o tornam ridículo, por assim dizer, essa é que é a verdade. A humanidade sabe se proteger desses chamados grandes intelectos, ele disse, pensei. Onde quer que surja, o espírito é aniquilado, trancafiado e, naturalmente, sempre e de pronto *desclassificado*, disse, pensei, contemplando o teto do salão da pousada. Mas tudo isso que estamos falando é besteira, ele disse, pensei; o que quer que digamos é absurdo, e nossa vida inteira é um absurdo total. Isso eu compreendi logo cedo; tão logo comecei a pensar, compreendi; só dizemos absurdos, tudo o que dizemos é absurdo, como é também absurdo tudo o que é *dito* para nós, como, aliás, tudo o que é dito de uma maneira geral; até hoje, só se disseram absurdos neste mundo e, é claro, só se escreveram absurdos também; tudo o que temos registrado por escrito é absurdo, porque só pode ser absurdo, como a história comprova, ele disse, pensei. Por fim, *eu me refugiei no conceito de aforista*, disse, e de fato, quando me perguntaram certa vez qual era a minha profissão, respondi que era *aforista*. Não entenderam, porém, o que eu quis dizer, como sempre, não entendem o que digo, porque o que digo não significa que disse o que disse, ele disse, pensei. Se digo alguma coisa, ele disse, pensei, e quero dizer outra completamente diferente, sou obrigado a passar minha vida inteira enredado em mal-entendidos, disse, pensei. Para ser mais exato, nascemos já em meio aos mal-entendidos, e enquanto vivermos não escaparemos mais deles; podemos nos esforçar quanto quisermos, não adianta. Mas essa é uma constatação que todos podem fazer, disse, pensei, todo mundo é ininterruptamente mal-entendido no que diz, e é somente nisso que todos concordam, disse, pensei. Um mal-entendido nos põe no mundo dos mal-entendidos, que temos que suportar como um mundo composto única e exclusivamente de mal-entendidos e que deixamos graças a um único e enorme mal-entendido, pois a morte é o maior dos mal-entendidos, ele afirmou, pensei. Os pais de Wertheimer eram baixinhos; Wertheimer era mais alto do que eles, pensei. Era um sujeito imponente, como costumamos dizer, pensei. Somente em Hietzing, os Wertheimer possuíam três portentosas vilas, e quando certa vez Wertheimer precisou decidir se queria ou não que lhe transferissem a propriedade de uma das vilas de seu pai em Grinzing, fez saber ao pai que não tinha o menor interesse na tal vila, assim como tampouco tinha qualquer interesse nas demais vilas do pai, que possuía várias fábricas em Lobau, além de empresas espalhadas por toda a Áustria e no exterior, pensei. Os Wertheimer sempre viveram *à larga*, como se diz, mas sem ostentação, nunca permitiram que reparassem neles por isso; não se percebia neles sua riqueza, ou pelo menos não à primeira vista. No fundo, os filhos nunca tiveram o menor interesse na herança dos pais, e quando o testamento foi aberto, tanto Wertheimer quanto sua irmã não faziam a menor idéia da dimensão da herança que cabia a eles; nenhum dos dois tinha se interessado pelo inventário a cargo de um advogado da cidade, mas ficaram perplexos diante da riqueza *de fato* que de repente passara a ser deles, o que julgaram mais do que importuno. À exceção da casa no Kohlmarkt e do pavilhão de caça em Traich, transformaram tudo em dinheiro, que mandaram um advogado da família aplicar pelo mundo todo, segundo Wertheimer me disse certa vez, contrariando inteiramente seu hábito de jamais falar sobre sua situação financeira. Três quartos dos bens paternos ficaram para Wertheimer, e um quarto para a irmã, que também mandou aplicar sua fortuna em diversos bancos da Áustria, Alemanha e Suíça, pensei. Em relação à situação financeira, os irmãos Wertheimer estavam garantidos, como de resto eu também, embora minhas posses nem se comparassem às de Wertheimer e sua irmã. Os bisavós de Wertheimer tinham sido gente pobre, pensei, precisando ainda torcer os pescoços dos gansos nos subúrbios de Lemberg. Mas como eu, ele provinha de uma família de comerciantes, pensei. Uma vez, num aniversário, seu pai teve a idéia de lhe dar de presente um castelo em Marchfeld, que pertencera originalmente aos Harrach; o filho, porém, não se dispôs sequer a ver o castelo já comprado, de tal modo que, o pai, naturalmente furioso com tanta frieza, foi obrigado a revendê-lo, pensei. No fundo, os irmãos Wertheimer levavam uma vida modesta, despretensiosa, discreta, sempre mais ou menos em segundo plano; todos ao redor deles, ao contrário, pareciam estar sempre se gabando. Mesmo no Mozarteum, a riqueza de Wertheimer jamais chamou a atenção, assim como de resto a de Glenn também não, e Glenn era rico. Agora, pensei, estava claro que os ricos tinham se encontrado, por assim dizer; tinham um certo faro para a situação familiar uns dos outros. O gênio de Glenn constituiu então, por assim dizer, apenas um acréscimo bem-vindo, pensei. A experiência mostra, pensei, que as amizades, em última instância, somente logram avançar no tempo se construídas com base nas respectivas situações familiares dos envolvidos, pensei; tudo o mais é falácia. De repente, eu me espantei com o sangue-frio com que desembarquei em Attnang Puchheim e vim para Wankham, com o intuito de seguir até Traich, até o pavilhão de caça de Wertheimer, e isso sem ter pensado por um minuto sequer em visitar minha própria casa em Desselbrunn, que está vazia há cinco anos e é — suponho, pois pago gente para isso — arejada a cada quatro, cinco dias; com que sangue-frio sou capaz de pretender pernoitar aqui em Wankham, na pousada mais medonha que conheço, quando nem doze quilômetros adiante tenho minha própria casa, mas essa eu não vou visitar de jeito nenhum, pensei comigo de imediato, porque jurei para mim mesmo há cinco anos que iria passar no mínimo dez sem ir a Desselbrunn, e não tive dificuldade até agora em manter minha promessa, em me controlar, portanto. Desselbrunn, um belo dia, acabou-se para mim, fez-se absolutamente impossível, pensei, graças à abnegação constante. O início dessa abnegação se deu quando me desfiz de meu Steinway, esse foi, por assim dizer, o momento que desencadeou minha posterior impossibilidade de suportar viver ali. De repente, eu não podia mais respirar o ar de Desselbrunn, suas paredes me deixavam doente e os cômodos ameaçavam me sufocar, e pensar naqueles cô-

61

modos enormes, cômodos de nove por seis ou oito por oito metros, pensei. Eu odiava aqueles cômodos, odiava seu conteúdo, e se saía de casa, odiava as pessoas na rua, em frente à casa, era de súbito injusto para com toda aquela gente que *só queria o meu bem*, mas foi isso mesmo que com o tempo começou a me dar nos nervos, essa ininterrupta *disposição de ajudar* que de repente passou a me repugnar profundamente. Eu me trancava no escritório e olhava fixo pela janela, vendo apenas minha própria infelicidade. Ia para a rua e xingava todo mundo. Corria para a floresta e me sentava exausto debaixo de uma árvore. Para não enlouquecer de vez, fui embora de Desselbrunn, *pelo menos por dez anos, pelo menos por dez anos, pelo menos por dez anos*, repetia para mim mesmo sem parar ao deixar a casa rumo a Viena e com o intuito de seguir até Portugal, onde eu tinha parentes em Sintra, na região mais bela de Portugal, onde os eucaliptos atingem trinta metros de altura e se pode respirar o melhor dos ares. Em Sintra, pensava eu à época, vou encontrar meu caminho de volta para a música, pensei, música que em Desselbrunn eu expulsara em definitivo de mim, e para sempre, por assim dizer, e vou me regenerar respirando o ar do Atlântico com uma precisão matematicamente calculada. À época, pensava também poder, no piano de meu tio em Sintra, recomeçar do ponto em que tinha parado em Desselbrunn, mas foi uma idéia absurda, pensei; lá, eu percorria todo dia os seis quilômetros até a costa do Atlântico, e ao longo de oito meses nem pensei em sentar-me ao piano; embora meu tio e todos em sua casa me pedissem sempre que tocasse alguma coisa para eles, jamais encostei um dedo numa tecla sequer do piano; porém, no decorrer dessa inatividade decerto magnífica em Sintra, ao ar livre e, devo dizer, numa das regiões mais belas *do mundo*, veio-me a idéia de escrever algo sobre Glenn, *alguma coisa* — eu não sabia o quê, mas *alguma coisa sobre ele e sua arte*. Com essa idéia na cabeça, eu andava para cima e para baixo em Sintra e arredores, e acabei passando ali um ano inteiro sem dar início a essa *alguma coisa sobre Glenn*. Começar a escrever é o que há de mais difícil, de modo que vaguei meses e mesmo anos sempre pensando, e só pensando, em escrever algo assim, sem conseguir começar, algo sobre Glenn, que, pensava então, precisa ser descrito, e descrito por uma testemunha competente de sua existência e de seu piano, uma testemunha competente de sua cabeça absolutamente extraordinária. Um dia, tomei coragem e comecei a escrever, no *Inglaterra*, onde pretendia passar apenas dois dias e acabei ficando seis semanas, escrevendo sobre Glenn sem parar. No fim, porém, carregava apenas esboços no bolso quando mudei para Madri, e os destruí porque de repente eles passaram a me impedir de escrever em vez de ser de alguma utilidade para mim; tinha escrito esboços demais, um mal que já arruinou muitos trabalhos meus; para um trabalho, precisamos de esboços, mas quando escrevemos esboços demais, estragamos tudo, pensei, como ocorreu outrora no *Inglaterra*; sem descanso, ficava em meu quarto escrevendo esboços, por tanto tempo que acreditei estar louco e percebi que a causa de minha loucura são esses esboços sobre Glenn, e tive a força necessária para destruí-los. Simplesmente os enfiei no cesto de lixo e contemplei a arrumadeira pegando o cesto, carregando-o para fora do quarto e o despejando na lata de lixo. Essa foi uma visão agradável, pensei: a arrumadeira pegando meus esboços sobre Glenn — não centenas, mas milhares — e desaparecendo com eles. Sinto-me aliviado, pensei. Fiquei uma tarde inteira sentado em minha poltrona diante da janela; ao escurecer pude então deixar o *Inglaterra* e, em Lisboa, descer a *Liberdade* rumo à rua Garrett e a meu bar preferido. Já havia tido oito desses ímpetos, que sempre terminavam com a destruição dos esboços, quando em Madri descobri enfim *como* começar meu ensaio *Sobre Glenn*, que então concluí na pró-

63

pria calle del Prado, pensei. Mas já começava de novo a duvidar do valor desse ensaio e pensava em destruí-lo na volta; tudo o que escrevemos, se o abandonamos por algum tempo e, depois, voltamos a examiná-lo com freqüência, torna-se naturalmente insuportável para nós, de modo que não temos sossego enquanto não o destruímos mais uma vez, pensei. Semana que vem vou estar de novo em Madri e a primeira coisa que vou fazer é destruir o *trabalho sobre Glenn* para começar um novo, pensei, com maior concentração ainda, mais autêntico ainda, pensei. Sim, pois sempre achamos que somos autênticos, quando na realidade não somos, e acreditamos estar concentrados, quando na verdade não estamos. É claro que no meu caso essa percepção sempre fez com que no fim meus escritos não fossem publicados, pensei, nem um único nos vinte e oito anos ao longo dos quais tenho me ocupado de escrever, e somente ao trabalho sobre Glenn venho me dedicando já há nove anos, pensei. Que bom que todos esses escritos incompletos e inacabados não tenham sido publicados, pensei: se os tivesse publicado — o que não teria sido nada difícil para mim —, seria hoje o homem mais infeliz que se pode conceber, confrontado diariamente com seus escritos catastróficos, regurgitantes de erros, imprecisões, negligências, diletantismo. Desse castigo *escapei pela destruição*, pensei, e de repente a palavra *destruição* começou a me proporcionar um grande prazer. Repeti-a diversas vezes em voz alta. *Chegando a Madri, destruir imediatamente o trabalho sobre Glenn*, pensei; ele tem que desaparecer o mais depressa possível, para me possibilitar um novo. Agora eu sei *como* começá-lo; nunca soube; sempre comecei cedo demais, pensei, feito um diletante. Passamos a vida fugindo do diletantismo, e ele sempre nos alcança, pensei; não existe nada que desejemos com maior intensidade do que escapar para a vida toda do diletantismo, mas ele sempre nos alcança. *Glenn e a desconsideração, Glenn e a solidão, Glenn e Bach,*

Glenn e as Variações Goldberg, pensei. *Glenn em seu estúdio na floresta, seu ódio pelas pessoas, seu ódio pela música, seu ódio pelas pessoas da música*, pensei. *Glenn e a simplicidade*, pensei contemplando a pousada. Temos que saber desde o princípio o que queremos, pensei; desde criança o homem precisa ter claro na cabeça o que quer, o que quer ter, o que precisa ter, pensei. O tempo que passei em Desselbrunn, e Wertheimer em Traich, foi letal. As visitas mútuas e as depreciações recíprocas que nos destruíram, pensei. Afinal, eu ia visitar Wertheimer em Traich apenas para destruí-lo, para perturbá-lo e destruí-lo, assim como inversamente também ele não vinha até minha casa por outro motivo; para mim, ir a Traich significava apenas me afastar de minha terrível miséria espiritual e perturbar Wertheimer; lembranças da juventude trocadas diante de uma xícara de chá, e no centro de tudo sempre Glenn Gould, não o Glenn, mas Glenn Gould, que nos destruiu a ambos, pensei. Wertheimer vinha a Desselbrunn para me perturbar, matar na raiz algum trabalho que eu estava só começando, e no momento mesmo em que ele se anunciava. Com freqüência, dizia apenas: *se não tivéssemos conhecido Glenn*; ou então: *se Glenn tivesse morrido cedo, antes de se tornar uma celebridade internacional* — pensei. Quando encontramos uma pessoa como Glenn estamos perdidos ou salvos, penso eu; no nosso caso, Glenn nos destruiu, pensei. Nunca toquei num Bösendorfer, disse Glenn certa vez, pensei; com um Bösendorfer eu não teria conseguido nada. Os tocadores de Bösendorfer contra os tocadores de Steinway, pensei; os entusiastas do Steinway contra os entusiastas do Bösendorfer. Primeiro, colocaram um Bösendorfer em seu quarto, que ele mandou retirar no mesmo instante, trocar por um Steinway, pensei, algo que eu não teria tido coragem de fazer, uma tamanha exigência, pensei, logo no começo do curso do Horowitz em Salzburgo; Glenn já sabia na época exatamente o que queria, um Bösendorfer es-

65

tava fora de cogitação, teria destruído seus planos. E trocaram o Bösendorfer pelo Steinway sem discutir, pensei, embora Glenn ainda não fosse à época o Glenn Gould. Vejo ainda os trabalhadores retirando o Bösendorfer e trazendo o Steinway, pensei. Mas Salzburgo não é lugar para o desenvolvimento de um pianista, Glenn dizia sempre; o clima é muito úmido, arruína ao mesmo tempo o instrumento e o instrumentista, arruína em pouquíssimo tempo as mãos e o cérebro do pianista. Mas eu queria estudar com Horowitz, disse Glenn, e esse foi o fator decisivo. No quarto de Wertheimer, as cortinas permaneciam fechadas e as persianas abaixadas o tempo todo; Glenn tocava com as cortinas e persianas abertas, e eu, sempre, até com as janelas escancaradas. Por sorte, não tínhamos vizinhos e, portanto, pessoas irritadas conosco, porque elas teriam aniquilado nosso trabalho. A casa de um escultor nazista falecido um ano antes, nós a tínhamos alugado por toda a duração do curso do Horowitz; as *criações do mestre*, como o escultor era conhecido nas redondezas, estavam ainda por toda parte, nos cômodos de cinco, seis metros de altura. Esse pé-direito dos cômodos foi o que nos fez alugar a casa *de imediato*; as esculturas ao redor não nos incomodavam, favoreciam a acústica, aquelas deformidades encostadas nas paredes, obras de um, como nos disseram, *artista do mármore mundialmente famoso*, que trabalhou para Hitler durante décadas. Essas gigantescas excrescências em mármore, encostadas a nosso pedido em, literalmente, todas as paredes da casa por seus proprietários, eram ideais em termos de acústica, pensei. De início, tínhamos nos assustado ao ver as esculturas, o estúpido monumentalismo em mármore e granito; sobretudo Wertheimer recuara, mas Glenn afirmou de pronto que os cômodos eram *ideais* e, graças aos monumentos, *mais ideais ainda para o nosso propósito*. As esculturas eram tão pesadas que fracassamos na tentativa de empurrar até mesmo a menor delas, nossas forças não bastavam, embora não fôssemos fracotes: muito ao contrário do que em geral se pensa, virtuoses do piano são pessoas fortes, dotadas de uma enorme capacidade de resistência. Glenn, que até hoje todos supõem ter sido dotado da mais frágil constituição física, era um tipo atlético. Encolhido a tocar seu Steinway, parecia um aleijado, e é assim que todo o mundo musical o conhece, mas todo esse mundo musical se encontra sob o efeito de uma completa ilusão, pensei. Glenn é sempre, e onde quer que seja, retratado como um aleijado e um fracote, como um sujeito *espiritual* a quem se atribui apenas esse aleijamento e a hipersensibilidade a ele atrelada; mas era na verdade um tipo atlético, bem mais forte do que Wertheimer e eu juntos, o que logo tínhamos notado quando certa vez ele se pôs a serrar sozinho um freixo que se erguia diante de sua janela, porque nas palavras dele a árvore o incomodava na hora de tocar piano. Serrou e derrubou sozinho o freixo, que tinha um diâmetro de no mínimo meio metro, não nos deixou sequer chegar perto, logo se pôs a cortar a árvore em pedaços e os amontoou junto à parede da casa — o típico americano, pensei eu à época, pensei. Mal ele tinha acabado de cortar o freixo que supostamente o incomodava, ocorreu-lhe então a idéia de simplesmente fechar as cortinas de seu quarto e abaixar as persianas. Eu poderia ter me poupado o trabalho de cortar a árvore, ele disse, pensei. A gente vive cortando freixos assim, uma grande quantidade desses freixos espirituais, disse, quando poderíamos nos poupar desse trabalho usando de um artifício ridículo, ele disse, pensei. Já da primeira vez que se sentara diante do Steinway em Leopoldskron, o freixo defronte à janela o havia incomodado. Sem sequer pedir permissão ao proprietário, ele foi até a cabana de ferramentas, apanhou um machado e uma serra e derrubou a árvore. Se fico perguntando, afirmou, perco tempo e energia: vou derrubar o freixo já, disse, e derrubou, pensei. Nem bem a árvore jazia no chão, ocor-

67

reu-lhe que bastaria ter fechado as cortinas, abaixado as persianas. A árvore abatida, ele a cortou em pedaços sem a nossa ajuda, pensei, estabelecendo sua própria ordem total onde antes se erguia o freixo. Se algo nos incomoda, temos que nos livrar desse algo, disse Glenn, ainda que seja apenas um freixo. E não podemos perguntar primeiro se nos permitem ou não derrubar o freixo, porque ao fazê-lo nos enfraquecemos. Se perguntamos primeiro é porque já estamos tão enfraquecidos que chega a ser perigoso para nós, aniquilador até, ele disse, pensei. A nenhum de seus ouvintes, de seus adoradores, pensei logo, ocorreria que esse Glenn Gould, conhecido e famoso no mundo inteiro como a fraqueza primordial do artista em pessoa, por assim dizer, seria capaz de derrubar sozinho e em pouquíssimo tempo um vigoroso e saudável freixo de meio metro de diâmetro, de amontoar os pedaços da árvore abatida junto à parede da casa e ainda por cima sob terríveis condições climáticas, pensei. Os adoradores adoram um fantasma, pensei, adoram um Glenn Gould que nunca existiu. *Meu* Glenn Gould é extraordinariamente maior, muito mais digno de adoração, pensei, que o deles. Quando nos disseram que tínhamos mudado para a casa de um famoso escultor nazista, Glenn explodiu numa gargalhada tonitruante. Wertheimer se juntou a essa gargalhada tonitruante, pensei, os dois gargalharam à exaustão e no fim foram buscar uma garrafa de champanhe na adega. Glenn fez a rolha explodir bem na cara de um anjo em mármore Carrara de seis metros de altura, e espirrou o champanhe no rosto dos outros monstros ao redor, deixando só um restinho, que bebemos na garrafa. Por fim, arremessou-a com tanta fúria contra a cabeça de imperador postada a um canto, que tivemos que nos proteger. Nenhum desses adoradores de Glenn é capaz sequer de acreditar que Glenn Gould pudesse rir assim, como sempre riu, pensei. Nosso Glenn Gould era capaz como ninguém dessas gargalhadas indômitas, e por isso mesmo a mais séria das pessoas. Quem não é capaz de rir não pode ser levado a sério, pensei, e quem não é capaz de rir como Glenn não pode ser levado tão a sério quanto ele. Por volta das três da manhã, ele estava sentado exausto aos pés do imperador, ele e as *Variações Goldberg*, pensei. Sempre essa imagem: Glenn junto à barriga da perna do imperador, fitando o chão. Não era permitido falar com ele. De manhãzinha, *nascia de novo*, dizia. Cada dia acordo com uma cabeça nova, dizia; para o mundo, porém, é a antiga, dizia. De dois em dois dias, às cinco da manhã, Wertheimer caminhava até o Untersberg, ida e volta; por sorte, tinha descoberto uma estrada asfaltada que ia até lá; eu, de minha parte, dava uma única volta nu ao redor da casa, antes do café-da-manhã e de me lavar, mas fazia isso qualquer que fosse o clima. Glenn só saía de casa para ir à aula do Horowitz e depois voltar. No fundo, odeio a natureza, ele vivia dizendo. Eu me apropriei dessa sua frase e ainda hoje costumo repeti-la para mim mesmo, e creio que vou dizê-la sempre, pensei. *A natureza está contra mim*, dizia Glenn, expressando um modo de ver as coisas semelhante ao meu, e eu também repito sempre essa frase, pensei. Nossa existência consiste em contrariar continuamente a natureza, em investir contra ela, dizia Glenn, e investir até desistirmos, porque ela é mais forte do que nós, que por arrogância nos transformamos em produtos da arte. Sim, porque não somos seres humanos, *nós somos produtos da arte, o pianista é um produto da arte, e um produto repugnante dela*, disse concluindo. Somos os que continuamente buscam escapar da natureza, mas como é natural, não conseguimos, ele disse, pensei, ficamos no meio do caminho. No fundo, queremos ser o piano, disse; não seres humanos, mas o piano; a vida toda queremos ser piano e não gente, fugimos da pessoa humana que somos com o intuito de nos transformar no piano, um intuito que, no entanto, só pode fracassar, mas não queremos acreditar que seja assim, disse. O *Klavierspieler* ideal (Glenn jamais dizia *Pianist*!) é aquele que quer ser o piano, e é o que me digo toda manhã quando acordo: quero ser o Steinway; não o homem que toca o Steinway, mas o próprio Steinway é o que eu quero ser. Às vezes, chegamos perto desse ideal, ele disse, muito perto, quando acreditamos já estarmos doidos, quase a caminho da loucura, que tememos como nada neste mundo. A vida inteira, Glenn quis ser o Steinway; ele odiava a idéia de estar *entre* Bach e o Steinway, apenas como um intermediário da música, e de um dia, entre Bach e o Steinway, ser triturado; um dia, disse, serei triturado entre Bach, de um lado, e o Steinway, do outro, ele disse, pensei. Sempre vou ter medo de ser triturado por Bach e pelo Steinway, e me custa um grande esforço escapar desse horror, disse. O ideal seria que *eu fosse o Steinway; não precisaria do Glenn Gould*, disse; sendo o Steinway, eu poderia tornar Glenn Gould absolutamente supérfluo. Mas nenhum pianista jamais conseguiu se fazer supérfluo *sendo* o Steinway, disse Glenn. *Acordar um dia e ser Steinway e Glenn a um só tempo*, ele disse, pensei, *Glenn Steinway, Steinway Glenn somente para Bach*. É provável que Wertheimer odiasse Glenn, é provável que me odiasse também, pensei, uma impressão baseada em milhares, quando não dezenas de milhares de observações concernentes não apenas a Wertheimer, mas ao próprio Glenn, bem como a mim. E eu mesmo não estava livre desse ódio por Glenn, pensei; eu o odiava a todo momento, e ao mesmo tempo o amava com a máxima determinação. De fato, não há nada de mais medonho do que ver uma pessoa tão grandiosa que sua grandiosidade nos aniquila, ter que assistir a esse processo, suportá-lo e por fim acabar inclusive por aceitá-lo, ao mesmo tempo em que na verdade não acreditamos num processo desses, não enquanto ele não se torna para nós um fato irrefutável, pensei, quando então já é tarde demais. Wertheimer e eu tínhamos sido necessários ao desenvolvimento de Glenn; como tudo o mais, Glenn nos usou, pensei no interior da pousada. O descaramento com que Glenn enfrentava as coisas, Wertheimer, por outro lado, com toda a sua terrível hesitação, minhas reservas com relação a tudo e todos, pensei. De súbito, Glenn era *Glenn Gould*, e todos tinham perdido o momento da sua glenngoulderização — só posso chamá-la assim —, inclusive Wertheimer e eu. Glenn havia nos arrastado consigo meses a fio rumo a uma dieta conjunta de emagrecimento, pensei, rumo à obsessão por Horowitz; sozinho, afinal, eu muito possivelmente não teria agüentado aqueles dois meses e meio de Horowitz em Salzburgo — e Wertheimer, então, de jeito nenhum —, teria desistido sem Glenn. Sem ele, o próprio Horowitz não teria sido esse Horowitz, um determinou o surgimento do outro. O curso do Horowitz foi um curso para Glenn, pensei, em pé, na pousada, e nada mais. Glenn é que fez de Horowitz seu professor, e não Horowitz de Glenn por fim um gênio, pensei. Graças a seu gênio, Glenn fez de Horowitz naqueles meses de Salzburgo o professor ideal para seu gênio, pensei. Ou nós mergulhamos por inteiro na música ou ficamos de fora, Glenn dizia sempre, inclusive para Horowitz. Mas somente ele sabia o que isso significava, pensei. Um Glenn tem que encontrar um Horowitz, pensei, e, ademais, no momento certo e preciso. Se o momento não é o correto, não acontece o que aconteceu com Glenn e Horowitz. Nesse momento específico de uma época específica, o professor, que não é um gênio, é transformado pelo gênio num professor genial, pensei. Contudo, a vítima propriamente dita desse curso com Horowitz não fui eu: foi Wertheimer, que sem Glenn teria decerto se tornado um brilhante virtuose do piano, famoso, é provável, no mundo todo, pensei. Wertheimer, que cometeu o erro de ir naquele ano para Salzburgo fazer o curso com Horowitz, e para ser aniquilado não por Horowitz mas por Glenn. Wertheimer *queria*, aliás, tornar-se um virtuose; eu não queria, o virtuosismo pianís-

71

tico tinha sido para mim apenas uma saída, uma manobra para retardar algo que, no entanto, nunca soube com clareza o que era e até hoje não sei; Wertheimer queria, eu não, pensei; Glenn o carrega na consciência, pensei. Glenn tinha tocado apenas uns dois ou três compassos, e Wertheimer já pensou em desistir; lembro-me muito bem; Wertheimer estava entrando na sala destinada a Horowitz no primeiro andar do Mozarteum quando ouviu e viu Glenn tocando e ficou parado na porta, incapaz de sentar-se; Horowitz teve que instá-lo a sentar-se, mas ele não foi capaz de fazê-lo enquanto Glenn tocava; somente quando Glenn terminou é que ele se sentou; tinha os olhos fechados, posso vê-lo ainda com nitidez, pensei, e não falou mais nada. Dizendo-o de forma patética, foi o fim, o fim da carreira de Wertheimer como virtuose. Estudamos por uma década inteira um instrumento que escolhemos e então, depois dessa década mais ou menos deprimente e de muito empenho, ouvimos dois ou três compassos de um gênio e estamos acabados, pensei. Wertheimer passou anos sem admitir, mas esses dois ou três compassos tocados por Glenn foram o seu fim, pensei. Para mim não, porque antes mesmo de conhecer Glenn eu já havia pensado em desistir, já tinha pensado na falta de sentido dos meus esforços; aonde quer que eu fosse, era sempre o melhor, mas o fato de estar acostumado a isso não me impediu de pensar em desistir, em interromper algo sem sentido, contrariando todas as vozes que me confirmavam estar eu entre os melhores; mas estar entre os melhores não me bastava: eu queria ser *o melhor de todos ou nada*, então parei, doei meu Steinway à filha do professor de Altmünster, pensei. Wertheimer apostou tudo na carreira de virtuose do piano, como tenho que chamá-la; eu não apostei nada numa tal carreira de virtuose — essa foi a diferença. *Ele* foi, portanto, *mortalmente* atingido pelos compassos das *Variações* de Glenn; *eu não*. Ser o melhor de todos ou nada sempre foi minha pretensão, em tudo. E foi assim que afinal fui parar na calle del Prado, em completo anonimato e me dedicando às absurdidades de um escritor. A meta de Wertheimer tinha sido o virtuosismo, o virtuose do piano que ano após ano tem que provar ao mundo da música sua maestria, até cair, até — pelo que conheço de Wertheimer — a velhice mais decrépita. Glenn desvirtuou essa meta, pensei, quando sentou-se ao piano e tocou os primeiros compassos das *Variações Goldberg*. Wertheimer *teve* que ouvi-lo, pensei, *teve* que ser aniquilado por Glenn. Se não tivesse ido a Salzburgo, se não tivesse a todo custo querido estudar com Horowitz, eu teria ido adiante, teria atingido o que queria, dizia Wertheimer com freqüência. Mas ele teve que ir a Salzburgo e se matricular, como se diz, no curso do Horowitz. Mesmo já aniquilados, não desistimos, pensei, e Wertheimer é um bom exemplo disso: durante muitos anos depois de ter sido aniquilado por Glenn, ele não desistiu, pensei. E não foi nem ele quem teve a idéia de se separar de seu Bösendorfer, pensei; primeiro eu tive que doar meu Steinway para que então ele tivesse a possibilidade de mandar leiloar seu Bösendorfer; jamais teria dado o Bösendorfer de presente; precisou mandar leiloá-lo no Dorotheum, o que é característico dele, pensei. Eu doei o Steinway, ele leiloou seu Bösendorfer, pensei, e isso já diz tudo. Tudo em Wertheimer não nasceu dele próprio, disse-me agora a mim mesmo; tudo nele foi sempre copiado, imitado, copiava tudo de mim, ele me imitava em tudo, e assim copiou de mim e imitou inclusive meu fracasso, pensei. Somente o suicídio foi enfim uma decisão dele próprio, que partiu inteiramente dele, pensei, de modo que, no final, como se diz, é possível que ele tenha experimentado ainda uma sensação de triunfo. E pelo fato de ter se matado de livre e espontânea vontade, por assim dizer, é possível que se tenha feito em tudo superior a mim. As pessoas de caráter fraco resultam sempre em artistas também fracos, disse a mim mesmo; Wertheimer constitui uma confirmação inequívoca disso, pensei. Sua natureza era completamente oposta à de Glenn, pensei; Wertheimer tinha um *conceito de arte*, Glenn não precisava de conceito nenhum. Enquanto Wertheimer fazia perguntas constantes, Glenn não perguntava nada, nunca o ouvi formulando uma pergunta, pensei. Wertheimer sempre teve medo de ir além do limite de suas próprias forças, Glenn nunca chegou sequer a pensar que pudesse algum dia ultrapassar o limite das suas; Wertheimer, aliás, desculpava-se a todo momento, e por coisas que não eram motivo para um pedido de desculpas, enquanto Glenn desconhecia por completo esse conceito: Glenn jamais se desculpou, embora tivesse constantemente, no nosso modo de entender, motivo para tanto. Wertheimer sempre se importou com o que as pessoas pensavam dele; Glenn não dava o menor valor a isso, como de resto eu também não; assim como Glenn, sempre fui indiferente àquilo que o chamado mundo ao redor pensa de mim. Wertheimer se punha a falar mesmo quando não tinha nada a dizer, apenas porque o silêncio tinha se tornado perigoso para ele; Glenn passava tempos em silêncio, assim como eu, que era capaz de permanecer dias calado, se bem que não semanas como Glenn. O medo puro e simples de não ser levado a sério fazia de nosso náufrago um tagarela, pensei. E é provável que isso se devesse também ao fato de já naquela época ele passar a maior parte do tempo completamente sozinho, tanto em Viena quanto em Traich, de caminhar por Viena e, como sempre dizia, não trocar uma palavra com a irmã, pois *nunca tive uma conversa* nem com ela. Para cuidar de seus bens, tinha administradores desavergonhados, como os chamava, e se comunicava com eles apenas por escrito. Wertheimer também era, portanto, uma pessoa inteiramente capaz de permanecer em silêncio, e talvez até por mais tempo do que Glenn e eu, mas quando estava conosco, tinha que falar, pensei. Ele, cuja casa ostentava um dos melhores endereços do centro da cidade, gostava de caminhar rumo a Floridsdorf, ao bairro dos trabalhadores, que ganhou fama por sua fábrica de locomotivas; rumo a Kagran, Kaisermühlen, onde moram os pobres mais pobres; ao assim chamado Alsergrund ou a Ottakring, com certeza uma perversidade, pensei. Saindo pela porta dos fundos, vestido com roupas velhas, fantasiado de proletário, para não chamar a atenção em suas expedições de reconhecimento, pensei. Postado horas sobre a ponte de Floridsdorf, ele ficava observando os transeuntes, olhando a água marrom do Danúbio, arruinada havia tempo pelos produtos químicos, onde cargueiros russos e iugoslavos navegavam em direção ao mar Negro. Pensava então com freqüência se sua grande infelicidade não tinha sido ter nascido numa família rica, pensei, pois dizia sempre que se sentia melhor em Floridsdorf ou em Kagran do que no primeiro distrito, que se sentia melhor entre as pessoas que moravam em Floridsdorf e em Kagran do que entre aquelas do primeiro distrito, as quais, no fundo, sempre odiara. Freqüentava restaurantes na Pragerstrasse e na Brünnerstrasse, pedia cerveja e salsicha ao vinagrete e ficava horas sentado ali, ouvindo as pessoas, observando-as, até que o ar lhe faltava, por assim dizer, e ele precisava sair, voltar para casa, naturalmente a pé, pensei. Por outro lado, vivia sempre dizendo que era um equívoco acreditar que seria mais feliz se tivesse nascido em Floridsdorf, Kagran ou Alsergrund, pensei; que era um erro supor que aquelas pessoas tivessem ao menos um caráter superior às do primeiro distrito. Examinando-se melhor, disse, também os chamados desfavorecidos, os chamados pobres, os que ficaram para trás, revelavam a mesma falta de caráter, eram tão repugnantes e repulsivos quanto os outros, aqueles de cujo meio fazíamos parte e que só julgávamos repugnantes por esse motivo. As camadas inferiores são tão perigosas para todos quanto as superiores, disse; agem com a mesma crueldade, devem ser evitadas tanto quanto as outras; são diferentes, mas igualmente cruéis, ele disse, pensei. O chamado intelectual odeia seu intelectualismo e acredita que vai encontrar sua salvação entre os chamados pobres e desfavorecidos, que antes eram chamados os *oprimidos e injuriados*, ele disse; em vez de sua salvação, porém, o que ele encontra é a mesma crueldade, disse, pensei. Depois de ter ido umas vinte, trinta vezes a Floridsdorf e a Kagran, dizia Wertheimer com freqüência, percebi o erro e passei a ir ao Bristol e a me concentrar naqueles iguais a mim. Vivemos tentando escapar de nós mesmos, mas fracassamos sempre nessa tentativa, quebramos a cara, porque nos recusamos a compreender que não podemos escapar de nós mesmos, a não ser por meio da morte. Agora ele conseguiu escapar de si mesmo, pensei, de uma maneira um tanto quanto desagradável. Parar aos cinqüenta, cinqüenta e um no máximo, ele disse certa vez. No fim, ele se levou a *sério*, pensei. Observamos um colega de curso indo para a aula, pensei, puxamos conversa e com isso demos início a uma amizade para a vida toda, como se diz. No começo, naturalmente não sabemos que se trata de uma tal amizade, porque no princípio a percebemos como uma amizade de conveniência, que precisamos fazer naquele momento para ir adiante, mas não foi com uma pessoa qualquer que puxamos conversa, e sim com a única possível naquele momento, pensei; afinal, eu tive centenas de possibilidades de puxar conversa com colegas que estudaram no Mozarteum, muitos dos quais fizeram o curso com Horowitz, mas fui falar justo com Wertheimer, dizendo-lhe que já nos tínhamos visto e conversado em Viena, pensei, do que ele se lembrava. Wertheimer estudou sobretudo em Viena, e não no Mozarteum como eu; na Academia de Viena, que vista do Mozarteum sempre foi tida como a melhor escola de música, assim como inversamente o Mozarteum sempre foi visto pelos estudantes da Academia como o mais proveitoso dos dois institutos. Os que estudam num determinado instituto sempre atribuem a ele um valor menor do que o que ele tem, cobiçando o instituto concorrente; principalmente os estudantes de música são conhecidos por valorizar sempre mais o instituto concorrente, de modo que os de Viena julgavam e acreditavam sempre que o Mozarteum era melhor, enquanto os estudantes do Mozarteum pensavam o mesmo da Academia de Viena. No fundo, tanto a Academia de Viena quanto o Mozarteum sempre tiveram e têm até hoje um quinhão idêntico de professores bons e ruins, pensei; depende apenas dos estudantes explorar ao máximo e sem qualquer escrúpulo esses professores para seus propósitos particulares. Não se trata sequer da qualidade de nossos professores, pensei; tudo depende é de nós mesmos, pois até professores ruins acabam volta e meia por produzir gênios, assim como inversamente bons professores já os aniquilaram, pensei. Horowitz tinha a melhor das reputações, e nós seguimos o chamado dessa ótima reputação, pensei. Mas não tínhamos idéia de quem era Glenn Gould, do que ele representava para nós. Ele era um estudante como qualquer outro, dotado de início de um jeito curioso, depois, do maior talento que já houve neste século, pensei. Para mim, freqüentar o curso do Horowitz não foi a catástrofe que foi para Wertheimer; Wertheimer era fraco demais para Glenn. Vendo as coisas dessa maneira, Wertheimer caiu na *armadilha de sua vida* ao matricular-se no curso do Horowitz, pensei. A armadilha o pegou no momento em que ele ouviu Glenn tocar pela primeira vez, pensei. E dessa armadilha para a vida toda Wertheimer nunca mais escapou. Melhor seria que ele tivesse ficado em Viena e dado prosseguimento a seus estudos na Academia, pensei; a palavra *Horowitz* o aniquilou, pensei, o *conceito Horowitz* o fez de forma indireta, porque na realidade foi Glenn que o aniquilou. Quando estávamos nos Estados Unidos, eu disse a Glenn que ele havia aniquilado Wertheimer, mas Glenn não entendeu o que eu queria dizer. Depois, nunca mais

77

tornei a incomodá-lo com esse pensamento. Somente a contragosto Wertheimer me acompanhou aos Estados Unidos; durante a viagem, dera a entender diversas vezes que no fundo abominava artistas que — citando-o literalmente — levavam tão longe sua arte a ponto de, como Glenn, aniquilar a própria personalidade em prol da genialidade, como Wertheimer se expressou então. No fim, homens como Glenn acabavam por se tornar *máquinas de arte*, não tendo nada mais em comum com um ser humano, lembrando-o só raríssimas vezes, pensei. Wertheimer sentia, porém, uma inveja constante dessa arte, não era capaz de se espantar com ela sem sentir inveja, tampouco de admirá-la, para o que eu também não me encontrava nem me encontro aparelhado; jamais admirei o que quer que seja, mas já me espantei com muita coisa na vida, e nesta minha vida, que talvez mereça afinal ser chamada de uma vida de artista, espantei-me sobretudo com Glenn; espantado, observei seu desenvolvimento; espantado, encontrava-o sempre, absorvi, como se diz, suas interpretações, pensei. Tive sempre a possibilidade de dar rédea a meu espanto, de não me deixar restringir ou constranger por nada nem ninguém em meu espanto, pensei. Essa capacidade Wertheimer nunca teve, em relação a nada, pensei. Ao contrário de Wertheimer, que com certeza teria gostado de ser Glenn Gould, eu jamais quis ser Glenn Gould, sempre quis ser somente eu mesmo; Wertheimer, porém, sempre esteve entre aqueles que constantemente, a vida toda, até o desespero prolongado, querem ser outra pessoa, mais favorecida pela vida, como querem acreditar, pensei. Ele teria gostado de ser Glenn Gould, teria gostado de ser Horowitz, é provável que também tivesse gostado de ser Gustav Mahler ou Alban Berg. Não era capaz de ver *a si próprio como uma pessoa única*, como todos fazem e precisam fazer, se não querem para si o desespero; seja a pessoa quem for, ela é única, vivo dizendo a mim mesmo, o que me salva.

Wertheimer jamais foi capaz de levar em conta essa âncora salvadora, ou seja, contemplar a si próprio como alguém único; para tanto lhe faltavam todos os requisitos. Todo homem é um ser humano único e, contemplado em sua individualidade, ele é com efeito a maior obra de arte de todos os tempos — sempre pensei assim, sempre pude fazê-lo, pensei. Wertheimer não teve essa possibilidade, por isso sempre quis ser Glenn Gould ou, como disse, Gustav Mahler, Mozart e companhia, pensei. Isso o mergulhou desde cedo, e de forma constante, na infelicidade. Não precisamos ser gênios para sermos únicos e reconhecer que o somos, pensei. Wertheimer era um *competidor* incansável; emulava todos quantos julgasse estarem em melhor condição do que ele; embora não dispusesse dos requisitos necessários, como percebo agora, pensei, quis de todo modo ser artista e com isso tomou o rumo da catástrofe. Daí, aliás, seu desassossego, seu constante e insistente caminhar, correr, sua incapacidade de ficar em paz, pensei. E descarregou a própria infelicidade na irmã, que atormentou durante décadas, pensei, trancafiando-a em sua cabeça, como eu acreditava, para nunca mais deixá-la ir. Nos chamados *recitais*, graças aos quais os estudantes vão se acostumando ao mundo dos concertos e que tinham lugar, todos eles, no chamado Salão Viena, nós, como se diz, nos apresentamos juntos certa vez, tocando *Brahms a quatro mãos*. Wertheimer passou o concerto todo querendo se impor, e definitivamente arruinando-o com isso. Arruinou-o com plena consciência do que fazia, como percebo hoje. Terminado o concerto, ele me disse: *desculpe* — tão-só essa única palavra, o que era bastante característico dele. Era incapaz de tocar com alguém, queria *brilhar*, como se diz, e como naturalmente não conseguiu, arruinou o concerto, pensei. Wertheimer passou a vida inteira querendo se impor, o que nunca conseguiu, em nenhum aspecto, em circunstância alguma. Por isso mesmo teve que se matar, pensei. Glenn jamais

79

teria precisado se matar, pensei, porque nunca teve que procurar se impor: impunha-se sempre, em toda parte e sob qualquer circunstância. Wertheimer sempre quis mais, sem dispor dos requisitos para tanto, pensei; Glenn possuía os requisitos para tudo que quisesse. Quanto a mim, não estou me colocando em questão aqui, mas no que me concerne, posso dizer que sempre dispus dos pré-requisitos para o que quer que seja; a maior parte do tempo, porém, eu conscientemente deixei de explorá-los, sempre por indolência, arrogância, preguiça, tédio, pensei. Wertheimer, no entanto, jamais possuiu os requisitos necessários para coisíssima nenhuma, como se diz, que tentou. A não ser os pré-requisitos necessários para ser uma pessoa infeliz. Nesse sentido, não é de se admirar que tenha sido justo ele a se suicidar, e não Glenn ou eu, embora Wertheimer vivesse predizendo o *meu* suicídio, como muitas outras pessoas, aliás, que sempre me davam a entender que *sabiam* que *eu* iria me matar. Wertheimer era de fato melhor pianista do que todos os outros estudantes do Mozarteum, e é importante dizer isso; mas depois de ter ouvido Glenn tocar, esse fato já não bastava mais para ele. Tocar como Wertheimer é algo que todos aqueles que se propõem a ficar famosos, a atingir a maestria no piano, conseguem, bastando que empreguem para isso as décadas de estudo necessárias, pensei; mas quando essas pessoas encontram um Glenn Gould, depois que ouvem um *tal* Glenn Gould tocar, estão perdidas, se são como Wertheimer, pensei. O funeral não durou nem meia hora. Primeiro, pensei em vestir o chamado terno escuro para ir ao enterro, mas depois acabei decidindo ir com a roupa da viagem mesmo; de repente, pareceu-me ridículo me sujeitar à tradição do luto, que sempre detestei, bem como toda tradição no vestir; portanto, fui ao enterro com a mesma roupa cotidiana que usara na viagem até Chur. De início, pensei em ir a pé ao cemitério de Chur, mas acabei por subir num táxi, que me deixou diante do portão principal. Previdente, eu tinha colocado no bolso o telegrama da irmã de Wertheimer, cujo sobrenome é agora Duttweiler, já que ele continha a hora exata do enterro. Que haveria de ter sido um acidente, eu de fato pensei; julguei que Wertheimer tivesse sido atropelado por um carro em Chur; uma vez que não tinha notícia de que tivesse alguma doença grave, pensei em todo tipo de acidente, sobretudo acidentes de trânsito, tão comuns no cotidiano de hoje, mas não me ocorreu que ele pudesse ter cometido suicídio. Embora essa possibilidade, vejo-o agora, fosse a mais óbvia, pensei. Espantou-me que a senhora Duttweiler tivesse mandado o telegrama para meu endereço em Viena, em vez de enviá-lo a Madri, pois como é que a irmã de Wertheimer podia saber que eu estava em Viena e não em Madri, pensei. Até agora não ficou claro para mim como é que ela soube que eu estaria em Viena e não em Madri, pensei. É possível que, afinal, tenha feito contato com o irmão antes do suicídio, pensei. É claro que teria vindo a Chur mesmo de Madri, pensei, se bem que isso teria sido mais complicado. Ou talvez não, pensei, pois de Zurique a Chur é um pulinho. Mais uma vez, eu tinha mostrado minha casa de Viena a vários interessados, porque faz anos que quero vendê-la, sem, no entanto, conseguir encontrar um comprador adequado; também os que apareceram dessa vez estavam fora de questão. Ou não querem pagar o que estou pedindo ou não servem por outras razões. Minha intenção era vender a casa em Viena *como ela está*, ou seja, com tudo o que está lá dentro; para isso, porém, precisaria ir com a cara do comprador, e não fui com a cara de nenhum deles, como se diz. Ponderei, ademais, se não seria insensato me desfazer da casa em Viena justamente *agora, nesta época difícil*, abrir mão dela numa época de total incerteza. Ninguém está vendendo, a não ser que seja obrigado a fazê-lo, pensei, e eu não estava precisando vender minha casa. Tenho a casa em Desselbrunn, sempre pensava comigo, não

81

preciso da casa de Viena, porque moro em Madri e não tenho a intenção de voltar para Viena, nunca mais, sempre pensava comigo, mas aí vi aqueles rostos horríveis de compradores, e eles me tiraram da cabeça a idéia de vender a casa de Viena. E no final das contas, a longo prazo, a casa de Desselbrunn não é o bastante; melhor ter um pé em Viena e outro em Desselbrunn do que ficar somente com Desselbrunn; e pensei então que, no fundo, tampouco pretendo voltar para Desselbrunn, mas da casa não vou me desfazer. Não vou vender nem a casa de Viena nem a de Desselbrunn; vou abandonar a casa de Viena, como, aliás, já fiz, assim como vou abandonar, já abandonei, a de Desselbrunn, mas não vou vender nem uma nem outra, pensei: não preciso. Para ser honesto, eu de fato disponho de reservas que me possibilitam sem maiores problemas não vender nem a casa de Desselbrunn nem a de Viena, não vender coisa nenhuma. Se vender, sou um idiota, pensei. Tenho, portanto, as casas de Viena e de Desselbrunn, embora não utilize nenhuma delas, pensei; mas, como garantia, tenho Viena e Desselbrunn, o que torna minha independência bem maior do que se não tivesse Viena ou Desselbrunn, ou do que se não tivesse *nem* Viena *nem* Desselbrunn, pensei. Às cinco horas da manhã têm lugar aqueles enterros que não devem despertar atenção alguma, pensei, e, no caso do de Wertheimer, nem os Duttweiler nem a administração do cemitério de Chur pretendia fazer qualquer alarde. A irmã de Wertheimer disse diversas vezes que o sepultamento de seu irmão ali era *provisório*, pois tinha a intenção de um dia mandar transladar o corpo para Viena, a fim de sepultá-lo no túmulo da família, no cemitério de Döbling. No momento, porém, um tal translado estava fora de cogitação, o motivo, não explicou, pensei. O túmulo dos Wertheimer é um dos maiores no cemitério de Döbling, pensei. Provavelmente *no outono*, disse a irmã de Wertheimer, agora sra. Duttweiler, pensei. O sr. Duttweiler vestia um fraque, pensei, e conduziu a irmã de Wertheimer até a cova, aberta lá na outra ponta do cemitério de Chur, ou seja, já à beira do depósito de lixo. Como ninguém disse nada, e o caixão com Wertheimer, graças a uma inacreditável destreza dos funcionários da funerária, já tinha baixado à cova com rapidez extraordinária, o enterro não durou mais do que vinte minutos. Um senhor de preto, obviamente da funerária, com certeza o próprio dono da empresa, quis dizer algumas palavras, mas o sr. Duttweiler cortara-lhe a palavra já antes de ele começar seu discurso. Eu mesmo tinha sido incapaz de providenciar algumas flores para levar ao enterro, algo que de resto nunca fiz em minha vida; tanto mais deprimente se fez, pois, o fato de que tampouco os Duttweiler tinham trazido flores, provavelmente, penso eu, porque a irmã de Wertheimer fora da opinião de que não combinavam com o enterro de seu irmão, uma opinião correta, aliás, pensei, embora o sepultamento sem uma única flor tenha causado uma impressão terrível em todos os presentes. Com a cova ainda aberta, o sr. Duttweiler deu duas notas de dinheiro a cada funcionário da funerária, o que produziu um efeito repugnante, mas em harmonia com o sepultamento de uma forma geral. A irmã de Wertheimer olhou para o interior da cova, seu marido não, e eu também não. Saí do cemitério logo atrás do casal Duttweiler. Diante do portão, ambos se voltaram para mim e me convidaram para almoçar, convite, porém, que não aceitei. Com certeza não fiz bem, pensava agora na pousada. É provável que por intermédio dos dois, e sobretudo da irmã de Wertheimer, eu tivesse ficado sabendo de coisas importantes, úteis para mim, pensei; mas me despedi e de repente estava ali sozinho. Chur não me interessava mais, de modo que fui para a estação e tomei o primeiro trem rumo a Viena. É bastante natural que depois de um funeral pensemos longa e intensamente no morto, ainda mais se se trata de uma pessoa próxima, de um amigo íntimo, a quem estivemos ligados durante décadas; e um colega de escola, como se diz, é sempre um companheiro extraordinário de nossa vida, de nossa existência, porque constitui, por assim dizer, uma testemunha *primordial* de nossa situação, pensei, e foi assim que, ao longo da viagem passando por Buchs e atravessando a fronteira de Liechtenstein, eu me ocupei apenas de Wertheimer. Pensei que de fato ele tinha nascido já dono de uma fortuna gigantesca, mas que, a vida inteira, não conseguiu fazer nada com essa fortuna gigantesca, foi sempre infeliz com sua fortuna gigantesca, pensei. Que seus pais foram incapazes de abrir os olhos dele, como se diz, que foram eles que o deprimiram já desde a infância, pensei. *Tive uma infância deprimente*, Wertheimer dizia sempre, *uma juventude deprimente*, dizia, *uma vida de estudante deprimente, um pai deprimente, uma mãe deprimente, professores deprimentes e um mundo à minha volta que sempre me deprimiu.* Que eles (seus pais e educadores) sempre feriram seus sentimentos, negligenciando também seu intelecto, pensei. Que nunca teve um lar, pensei, ainda e sempre de pé no salão da pousada, porque seus pais não lhe deram um, por incapacidade de lhe oferecer um lar. Que, como ninguém, ele sempre falava em família, porque os seus não constituíam família alguma. Que, afinal, não havia nada que ele houvesse odiado mais do que seus pais, a quem sempre caracterizou como seus carrascos e aniquiladores. Que depois da morte dos pais, que mergulharam com o carro num desfiladeiro nas proximidades de Brixen, ficou em última instância sem ninguém além da irmã, pois destratou a todos, inclusive a mim, e tomou posse da irmã por completo, pensei, sem qualquer escrúpulo. Que sempre exigiu tudo sem dar nada em troca, pensei. Que volta e meia ia até a ponte de Floridsdorf para se atirar de lá de cima, sem jamais ter de fato se atirado, que estudou música para se tornar um virtuose do piano e jamais se tornou um, que enfim, como vivia dizendo, refugiou-se nas ciências do espírito sem saber o que são essas ciências, pensei. Que, por um lado, superestimou e, por outro, subestimou suas possibilidades, pensei. Que também de mim sempre exigiu mais do que deu, pensei. Que sempre exigiu demais de mim e de outras pessoas também, e como essas exigências jamais puderam ser satisfeitas, ele estava sempre fadado a ser infeliz, pensei. Wertheimer nasceu infeliz, isso ele sabia; como todas as demais pessoas infelizes, porém, não compreendia por que ele, como acreditava, *tinha* que ser infeliz e os outros não; isso o deprimia, não permitindo mais que ele escapasse do desespero. *Glenn é um homem feliz, eu sou infeliz*, dizia com freqüência, e eu lhe respondia que não se podia afirmar que Glenn era feliz, enquanto ele, Wertheimer, seria de fato infeliz. Sempre acertamos ao dizer que fulano ou sicrano é infeliz, disse a Wertheimer; mas não acertamos nunca quando afirmamos que fulano ou sicrano é feliz. Do ponto de vista de Wertheimer, porém, Glenn tinha sido sempre um homem feliz, assim como eu também, como bem sei, pois é o que ele me dizia com freqüência, pensei, acusando-me de ser feliz ou pelo menos mais feliz do que ele, que a maior parte do tempo se julgava o mais infeliz dos homens. De resto, pensei ainda, Wertheimer fez de tudo para ser infeliz, aquele homem infeliz de que sempre falava, pensei; afinal, seus pais sem dúvida tinham tentado fazer o filho feliz, constantemente, mas Wertheimer sempre os repeliu, como sempre repeliu também a irmã, quando ela tentava fazê-lo feliz. Assim como ser humano nenhum, tampouco Wertheimer era ininterruptamente o infeliz de quem, como acreditava, a infelicidade se apossara por completo. Lembro-me de que, precisamente ao longo do curso com Horowitz, ele foi feliz, que fazia passeios comigo (e com Glenn) que o deixavam feliz, que era capaz de transformar em felicidade até mesmo a solidão em Leopoldskron, como minhas observações comprovam, pensei, mas na realidade tudo isso acabou da primeira vez que ele ouviu Glenn tocando as *Variações Goldberg*, que, como sei, Wertheimer jamais se arriscara a tocar até então. Eu, de minha parte, tinha feito logo cedo, muito antes de Glenn, minha tentativa de tocar as *Variações*, nunca tive medo delas, ao contrário de Wertheimer, que, por assim dizer, sempre as adiou, pensei; nunca tive essa falta de coragem diante de uma obra gigantesca como as *Variações Goldberg*, nunca sofri de uma tal falta de coragem, nunca arranquei os cabelos por causa desse meu descaramento, nem sequer pensava no assunto, por isso apenas comecei a estudá-las e, anos antes do curso com Horowitz, já *ousava* tocá-las, de cor, é claro, e não as tocava pior do que muita gente famosa, mas naturalmente tampouco como desejaria tocá-las. Wertheimer sempre foi um sujeito medroso e, já por esse motivo grave, inadequado para uma carreira de virtuose, em especial de um virtuose do piano, de quem se deve exigir acima de tudo um destemor radical diante de tudo e de todos, pensei. O virtuose, e sobretudo o virtuose internacional, não pode temer nada, pensei, seja lá que tipo de virtuose ele for. O medo de Wertheimer sempre foi nítido, ele jamais foi capaz de ocultá-lo sequer minimamente. Um dia, seu projeto tinha que desmoronar, pensei, como de fato desmoronou; nem mesmo esse desmoronamento de seu projeto como artista foi obra dele próprio, tendo sido, antes, desencadeado por minha decisão de me afastar em definitivo do meu Steinway e da minha carreira de virtuose, pensei. Que copiou tudo de mim, ou quase tudo, foi o que pensei, inclusive o que tinha a ver comigo mas não com ele, muita coisa que me era útil mas que só podia ser danosa a ele, pensei. O competidor competia comigo em tudo, mesmo em situações que evidentemente lhe eram apenas adversas, pensei. Sempre fui apenas e tão-somente prejudicial a Wertheimer, pensei, e essa acusação contra mim não vou conseguir tirar da cabeça enquanto viver, pensei. Wertheimer era uma pessoa dependente, pensei.

Em muita coisa, era mais sensível do que eu, mas esse foi seu grande erro — em última instância, abrigava apenas *os sentimentos errados*, um *náufrago* de fato, pensei. Como não teve coragem de copiar de Glenn o que era importante para ele, copiou tudo de mim, o que, no entanto, não lhe foi de valia alguma, pois de mim não tinha o que copiar que lhe fosse útil, mas sempre e somente coisas inúteis, algo que não obstante ele não quis ver, embora eu sempre chamasse a atenção dele para isso, pensei. Se tivesse se tornado comerciante e, portanto, administrador do império de seus pais, ele teria sido feliz — feliz à sua maneira de encarar a felicidade —, mas também para tomar essa decisão lhe faltou coragem, *a pequena meia-volta* de que lhe falei diversas vezes mas que ele nunca deu. Queria ser artista, ser *artista da vida* não lhe bastava, ainda que seja bem esse o conceito que nos faz feliz, se temos os olhos bem abertos, pensei. Por fim, apaixonou-se por seu fracasso, talvez perdidamente, pensei, aferrou-se a ele até o fim. Na verdade, eu poderia mesmo afirmar que, embora decerto fosse infeliz em sua infelicidade, ele teria sido ainda mais infeliz se a tivesse perdido da noite para o dia, se a tivessem tomado dele de um momento para outro, o que por sua vez constituiria uma prova de que no fundo ele não foi infeliz coisa alguma, mas feliz, ainda que graças a sua infelicidade e na companhia dela, pensei. Afinal, muitos são no fundo felizes porque estão atolados na infelicidade, pensei, e disse a mim mesmo que Wertheimer foi na verdade feliz porque teve sua infelicidade sempre presente, porque pôde se comprazer dela. De súbito, a idéia não me pareceu em nada absurda, isto é, pensar que ele tinha medo de que, por alguma razão que desconheço, pudesse perder sua infelicidade e que por isso foi para Chur e para Zizers e se matou. Talvez tenhamos que partir da premissa de que não existe o assim chamado homem infeliz, pensei, uma vez que a maioria somente se torna infeliz quando a privamos de *sua infe-*

licidade. Wertheimer teve *medo* de perder *sua infelicidade* e se suicidou por essa única razão, pensei; valendo-se de um refinado artifício, retirou-se do mundo, cumpriu, por assim dizer, uma promessa em que ninguém mais acreditava, pensei, retirou-se precisamente do mundo que insistia sempre em fazê-lo de fato feliz — a ele e a seus milhões de companheiros de sofrimento —, o que ele, sem o menor escrúpulo para consigo próprio e para com os outros, soube muito bem impedir, porque à maneira letal desses seus companheiros tinha se acostumado acima de tudo a sua infelicidade. Concluídos os estudos, Wertheimer teve oportunidade de dar muitos concertos, mas se recusou a fazê-lo, pensei, não aceitou por causa de Glenn; tocar em público havia se tornado impossível para ele, *já a idéia de precisar subir num palco me causa nojo*, ele disse, pensei. Recebeu muitos convites, pensei, mas recusou todos; podia ter ido para Itália, Hungria, Tchecoslováquia, Alemanha, pois somente com as apresentações no Mozarteum já tinha feito um belo nome entre os empresários, como se diz. Tudo nele, porém, era apenas falta de coragem motivada pelo triunfo de Glenn com as *Variações Goldberg*. Como é que eu posso me apresentar agora, depois de ter ouvido Glenn tocar, dizia ele com freqüência, enquanto eu vivia lhe dando a entender que ele tocava melhor do que todos os outros, *ainda que não tão bem quanto Glenn*; isso eu não lhe disse, mas era o que se podia depreender sempre de tudo o que eu dizia. O *artista do piano*, disse a Wertheimer — e eu empregava com bastante freqüência essa expressão "artista do piano" quando conversava com ele sobre a arte do piano, a fim de evitar o repugnante *pianista* —, o artista do piano, pois, não pode se deixar impressionar tanto por um gênio a ponto de ficar paralisado, e o fato é que você, com efeito, se deixou impressionar tanto por Glenn que está aí paralisado, você, o talento mais extraordinário que o Mozarteum já conheceu, eu lhe disse, e estava falando a verdade, pois Wertheimer era de fato esse talento extraordinário, aliás, um talento extraordinário que o Mozarteum jamais voltou a ver, embora não tenha sido, como já disse, um gênio como Glenn. Não se deixe derrubar assim por um redemoinho américo-canadense, disse a Wertheimer, pensei. Os talentos não tão extraordinários quanto Wertheimer não tinham se deixado irritar de forma tão letal por Glenn, pensei, tampouco tinham, por outro lado, reconhecido o gênio Glenn Gould. Wertheimer reconhecera o genial Glenn Gould e foi mortalmente atingido, pensei. E se paramos, recusando-nos a tocar por tempo demais, de repente já não temos mais a coragem e portanto a força necessária para nos apresentarmos, pensei; e Wertheimer, depois de ter recusado todos os convites ao longo dos dois anos que se seguiram ao término de seus estudos, não tinha mais coragem de se apresentar, não tinha mais forças nem mesmo para responder a uma proposta, pensei. O que Glenn logrou fazer — ou seja, pôr em prática de um momento para outro sua decisão de não se apresentar mais e, no entanto, continuar aperfeiçoando até o limite extremo suas possibilidades e no fundo todas as possibilidades do piano, tornando-se assim, e graças ao isolamento, o mais extraordinário dos extraordinários e, por fim, o mais famoso artista do piano no mundo todo —, isso, naturalmente, não foi possível a Wertheimer. Receando apresentar-se, ele não apenas foi perdendo aos poucos todos os vínculos com o *mundo dos concertos*, como se pode desde logo afirmar, como também sua capacidade, pois não era, como Glenn, capaz de, pelo isolamento, avançar ainda mais e em altíssima medida em sua arte: ao contrário do que aconteceu com Glenn, o isolamento praticamente acabou com Wertheimer. Quanto a mim, toquei ainda umas duas ou três vezes em Graz e Linz, fiz também um concerto em Koblenz, arranjado por uma colega de curso, e então parei de vez. Não tinha mais prazer algum em tocar piano, tampouco a intenção de passar a vida inteira comprovando meu valor perante um público que, nesse meio-tempo — e muito naturalmente, da noite para o dia, como me pareceu —, tornara-se de todo indiferente para mim. Para Wertheimer, porém, esse público não era de forma alguma indiferente; ele sofria, devo dizê-lo, de uma compulsão ininterrupta para provar seu valor artístico, como de resto Glenn também, e talvez em maior medida ainda do que Wertheimer, mas Glenn afinal conseguiu aquilo com que Wertheimer sempre e tão-somente sonhou, pensei. Glenn Gould era, em todos os sentidos, um virtuose inato, pensei; Wertheimer foi desde o começo o fracassado que a vida toda não foi capaz de perceber e compreender o próprio fracasso; se, por um lado, era um de nossos melhores pianistas — o que afirmo sem qualquer restrição —, por outro, era também o típico fracassado, que já ao primeiro confronto de fato, o confronto com Glenn, fracassou, e só podia fracassar. Glenn era o gênio; Wertheimer apenas ambição, pensei. Mais tarde, Wertheimer de fato tentou reatar contato, como se diz, mas aí não conseguiu mais. De repente, fora *apartado* da arte do piano, pensei. E enveredou então, como ele próprio vivia dizendo, pelas chamadas ciências do espírito, sem saber que ciências são essas, pensei. Foi parar no aforismo, no pseudofilosofismo, dizendo-o maldosamente, pensei. Passou anos tocando para si próprio, e em grau maior ou menor só produziu rancor musical, pensei. Fez então ainda uma tentativa, na qualidade de um segundo Schopenhauer, por assim dizer, de um segundo Kant, um segundo Novalis, e deu a essa temeridade pseudofilosófica um acompanhamento de Brahms e Händel, de Chopin e Rachmaninov. E via a si próprio como repugnante, ou pelo menos foi a impressão que tive ao revê-lo depois de anos. O Bösendorfer passara a ser para ele apenas um meio de dar *conformação* musical — essa palavra horrorosa cabe bem aqui — a suas ciências do espírito, pensei. Em dois anos, perdeu quase tudo, pensei; o nível que havia alcançado antes, ao longo dos doze anos de estudo, havia se tornado irreconhecível naquilo que tocava; lembro-me de tê-lo visitado em Traich doze ou treze anos atrás e de ter ficado abalado com suas *marteladas ao piano*, pois foi isso que ele me mostrou num acesso de sentimentalismo artístico; que com sua oferta de tocar alguma coisa para mim ele tenha conscientemente pretendido exibir-me sua total decadência artística, nisso não acredito; creio, antes, que nutria a esperança de que eu o encorajasse em definitivo a seguir uma carreira em que ele próprio já não acreditava fazia uma década; um tal encorajamento de minha parte, porém, estava fora de questão; eu lhe disse com absoluta clareza que aquilo era seu fim, que devia parar de tocar piano, porque ter que ouvi-lo era apenas algo penoso, e que seu piano mergulhara-me em grande constrangimento e na mais profunda tristeza. Ele fechou a tampa do Bösendorfer, levantou, saiu de casa, só retornou mais de duas horas depois e não disse mais nada durante toda a noite, pensei. O piano já era uma impossibilidade para ele, e as chamadas ciências do espírito não constituíam sucedâneo algum, pensei. Munidos do propósito inicial de se tornarem grandes virtuoses, nossos antigos colegas de curso vivem agora há anos sua existência como nada mais do que professores de piano, pensei; autodenominam-se pedagogos musicais e levam uma vida medonha de pedagogo, à mercê de alunos sem qualquer talento e da megalomania e avidez pelo sucesso artístico dos pais destes; e em seus lares pequeno-burgueses, sonham com a aposentadoria de pedagogos musicais. Noventa e oito por cento dos estudantes de música chegam a nossas academias munidos da máxima ambição; concluído o curso, passam então as décadas seguintes da forma mais ridícula, como professores de música, pensei. Dessa existência, tanto eu quanto Wertheimer fomos poupados, bem como daquela outra, que também sempre detestei com igual intensidade e que conduz nossos conhecidos e famosos pianistas de uma metrópole a outra, de uma estação de águas a outra, e por fim de um nicho provinciano a outro, até paralisar-lhes os dedos e até que a senilidade interpretativa tenha tomado posse total deles. Chegando a uma cidadezinha provinciana, logo vemos numa placa pregada em alguma árvore o nome de um de nossos ex-colegas, que tocará Mozart, Beethoven e Bartók no único auditório do lugar, na maioria das vezes um salão decadente de restaurante, pensei, e a visão nos embrulha o estômago. Fomos poupados de um destino tão indigno, pensei. De cada mil pianistas, apenas um ou dois não percorrem esse caminho repugnante e digno de pena, pensei. Hoje, ninguém sabe que um dia estudei piano, como se pode dizer, que freqüentei uma escola superior de música e concluí meu curso, que assim como Wertheimer fui de fato um dos melhores pianistas da Áustria, se não da Europa, pensei; hoje escrevo essas absurdidades, e sobre elas ouso dizer a mim mesmo que são *ensaísticas*, para empregar ainda uma vez também essa palavra odiosa a caminho de minha autodestruição; escrevo essas manifestações ensaísticas que no fim tenho sempre que amaldiçoar, rasgar e, portanto, aniquilar, e ninguém mais sabe que um dia cheguei a tocar até mesmo as *Variações Goldberg*, ainda que não tão bem quanto Glenn Gould, a quem há anos me esforço por retratar, porque considero que um tal retrato traçado por mim será mais autêntico; ninguém mais sabe que estudei no Mozarteum — ainda e sempre *tido* por uma das melhores escolas de música no mundo todo — e que fiz eu próprio concertos, e não apenas em Bad Reichenhall e Bad Krozingen, pensei. Que no passado fui um estudante de música fanático, um fanático virtuose do piano que já se mediu de igual para igual com Glenn Gould tocando Brahms, Bach e Schönberg. Mas se para mim, pessoalmente, esse ocultamento sempre foi vantajoso e portanto de grande utilidade, pensei, esse mesmo ocultamento sempre acarretou danos profundos a meu amigo Wertheimer; eu sempre extraí forças desse ocultamento, que a ele, no entanto, sempre aborreceu e abateu, terminando enfim, como creio agora piamente, por *matá-lo*. Para mim, o fato de ter tocado piano dia e noite por mais de quinze anos e de ter afinal atingido extraordinária perfeição sempre foi uma arma não apenas contra as pessoas ao meu redor, mas também contra mim mesmo; Wertheimer, ao contrário, sempre *sofreu* com isso. Em todos os aspectos, o fato de eu ter estudado piano sempre me foi útil, quero dizer, decisivo mesmo, e precisamente porque ninguém mais sabe disso, porque se trata de algo esquecido e porque eu o oculto. Para Wertheimer, porém, esse mesmo fato sempre trouxe infelicidade, fornecendo-lhe um pretexto contínuo para a depressão existencial. Eu era muito melhor do que a maioria dos outros estudantes da academia, pensei, e de um momento para outro *parei*; isso me fez forte, pensei, mais forte do que aqueles que não pararam e que não eram melhores do que eu, que encontraram no diletantismo um refúgio perpétuo, autodenominando-se professores e se deixando cobrir de distinções e condecorações, pensei. Todos esses idiotas musicais que concluíram os estudos nas academias e se puseram a atuar como concertistas, como se diz, pensei. Eu nunca atuei como concertista, pensei; minha cabeça me proibiu de fazê-lo; mas não me tornei o chamado concertista por uma razão inteiramente diferente da de Wertheimer, que, como disse, não seguiu a carreira — ou logo a interrompeu, como se diz — por causa de Glenn Gould; no meu caso, foi minha cabeça que me proibiu de ser concertista; Wertheimer foi impedido de sê-lo por Glenn Gould. Ser concertista é uma das coisas mais horríveis que se pode imaginar, qualquer que seja o instrumento; tocar piano diante de um público é horrível, tocar violino diante de um público é horrível, e isso para não falar no horror que temos que suportar quando cantamos diante de um público, pensei. Nosso maior capital é poder dizer que estudamos numa escola famosa, que nos formamos nela, como se diz, e não fazemos nada com isso, silenciamos, pensei. Não desperdiçamos essa fortuna em anos, décadas de concertos etc., pensei, mas contemplamos tudo isso como um capítulo encerrado, a fim de ocultá-lo. Eu próprio, porém, sempre fui um gênio do ocultamento, pensei, bem ao contrário de Wertheimer, que no fundo não era capaz de ocultar coisa alguma, tinha sempre que ficar falando sobre tudo, que pôr tudo para fora, a vida toda. Naturalmente, tínhamos a sorte de, ao contrário da maioria dos outros, não precisar ganhar dinheiro, porque sempre tivemos o bastante. Se, porém, Wertheimer foi sempre aquele que se envergonhava desse dinheiro, eu nunca me envergonhei do meu, pensei, porque isso seria a maior das loucuras — envergonhar-se do dinheiro com que se nasceu —, seria no mínimo uma perversidade na minha opinião, e de todo modo, de uma hipocrisia repugnante, pensei. Por toda parte, as pessoas se comportam de maneira hipócrita ao dizer que sentem vergonha do dinheiro que têm e que os outros não têm, quando é afinal da natureza das coisas que uns tenham dinheiro e outros não, ora são uns, ora outros os que têm, isso não vai mudar, e os que têm não têm culpa de ter dinheiro, assim como os outros tampouco têm culpa de não ter etc., pensei, o que, no entanto, não é compreendido por nenhuma das partes, porque em última instância elas só conhecem a hipocrisia e nada mais. Eu nunca me recriminei por ter dinheiro, pensei, enquanto Wertheimer se recriminava constantemente por isso; eu nunca disse, como Wertheimer, que sofria pelo fato de ser rico; ele vivia dizendo isso e não se furtava nem mesmo às doações mais absurdas, que afinal de nada lhe valeram, como, por exemplo, os milhões que mandou para a região africana do Sahel e que, como descobriu mais tarde, nunca chegaram lá, porque foram devorados pelas organizações católicas para as quais ele os havia remetido. A insegurança dos homens é sua própria natureza, seu desespero, dizia Wertheimer com freqüência e com muito acerto, só que ele nunca conseguiu se pautar por suas próprias máximas, aferrar-se *com firmeza* a elas; tinha sempre uma imensidão, uma verdadeira imensidão de *teorias* na cabeça (e em seus aforismos!), pensei, a filosofia redentora da vida e da existência, mas era incapaz de aplicá-la a si próprio. Na teoria, ele dominou todos os desconfortos da existência, todas as situações de desespero, todo o mal que nos consome no mundo, *mas, na prática, nunca, jamais foi capaz de fazê-lo*. Assim sendo, e contrariamente a suas próprias teorias, ele continuou afundando, até o suicídio, pensei, até Zizers, seu ridículo ponto final, pensei. Em teoria, ele sempre foi contra o suicídio, acreditando, porém, sem mais que *eu* fosse capaz de cometê-lo; em teoria, vivia indo a *meu* enterro; na prática, foi *ele* que se matou, e *eu* fui ao enterro *dele*. Na teoria, ele se tornou um dos maiores virtuoses do piano no mundo todo, um dos artistas mais célebres (ainda que não um artista como Glenn Gould!), mas na prática ele não conseguiu nada com o piano, pensei, fugindo do modo mais deplorável para suas chamadas ciências do espírito. Na teoria, foi um soberano da existência; na prática, tanto não logrou dominar a própria existência, como foi aniquilado por ela, pensei. Em teoria, foi nosso amigo — isto é, meu e de Glenn; na prática, porém, nunca o foi, pensei, pois tanto como para o virtuosismo, também para a amizade de fato lhe faltava tudo, como seu suicídio comprova, pensei. Em resumo: *ele* se matou, e não *eu*, pensei, e erguia já minha mala do chão para colocá-la sobre o banco quando a dona da pousada entrou. Tinha ficado surpresa, disse, não me ouvira ali; está mentindo, pensei. Com certeza me viu até entrar na pousada, ficou me observando o tempo todo e não veio até o salão de propósito, essa natureza repulsiva, repugnante e ao mesmo tempo atraente, com a blusa aberta até embaixo, na barriga. A vulgaridade dessa gente, que nem a esconde mais, pensei, mas exibe abertamente, pensei. Que não acha necessário ocultar a própria vulgaridade e baixeza, disse a mim mesmo. O quarto onde eu sempre ficava, ela me disse, não havia sido aquecido, mas isso provavelmente nem era necessário, pois soprava um vento quente; ela iria abrir as janelas e deixar entrar o ar quente da primavera, disse, pretendendo abotoar a blusa, mas sem abotoá-la de fato. Wertheimer tinha estado com ela, disse, antes de partir para Zizers. Que ele se matara, ela ficara sabendo pelo carregador, que por sua vez tinha ouvido a informação de um dos lenhadores que tomam conta da propriedade de Wertheimer e a vigiam — o Kohlroser (Franz). Não estava claro quem ficaria agora com Traich, disse ela; com certeza não a irmã de Wertheimer, ela acreditava, porque essa tinha ido embora para a Suíça para sempre. Em dez anos, ela a havia visto somente duas vezes, uma *mulher inacessível*, muito diferente do irmão, que era sociável; até mesmo a palavra *afável* ela utilizou para descrevê-lo, o que me espantou, pois eu nunca ligara aquela palavra a Wertheimer. Este, prosseguiu ela, era *bom* com todo mundo — *bom* foi, efetivamente, a palavra que ela usou, emendando, porém, de imediato que ele *abandonara* Traich. Nos últimos tempos, estranhos apareciam com freqüência por lá, ficavam dias, semanas, sem que o próprio Wertheimer desse as caras em Traich, gente que tinha recebido das mãos dele a chave da casa, conforme suas palavras, artistas, músicos, e o tom de voz dela ao pronunciar as palavras *artistas*, *músicos*, era de desprezo. Essa gente, prosseguiu, só explorava Wertheimer e sua Traich, bebia e comia durante dias, semanas, às custas dele, dormia até o meio-dia e circulava por lá rindo alto e vestindo roupas malucas, gente desleixada, na opinião dela, que lhe causara péssima impressão. No próprio Wertheimer se notava um progressivo desleixo, disse, espichando a pronúncia da palavra *desleixo*, o que aprendera com Wertheimer, pensei. De noite, ela o ouvia tocar piano, disse, muitas vezes até de manhãzinha, e por fim, sem dormir e vestindo roupas amarrotadas e esfarrapadas, ele circulava pelas redondezas, vinha sentar-se junto dela no salão da pousada com o único propósito de *pôr o sono em dia*. Nos últimos meses, não ia mais a Viena, não se interessava sequer pela correspondência à sua espera, nem pedia mais que a reenviassem para ele. Tinha passado quatro meses sozinho em Traich, sem sair de casa; os lenhadores compravam-lhe comida, disse ela, erguendo minha mala e subindo com ela para o meu quarto. Abriu então imediatamente a janela e disse que durante todo o inverno ninguém mais tinha pernoitado naquele quarto, estava tudo sujo, disse, e se eu não me importava, iria buscar um pano para limpar um pouco, tirar pelo menos a sujeira do parapeito da janela, disse, mas eu não quis, não me importava com a sujeira. Ela dobrou para trás a roupa de cama e a julgou limpa, o ar cuidaria de secá-la. Todos os hóspedes querem sempre o mesmo quarto, disse. Antes, Wertheimer não deixava ninguém dormir em Traich, mas de repente a casa enchera-se de gente, disse a dona da pousada. Durante trinta anos, ninguém além do próprio Wertheimer tinha passado a noite em Traich, mas nas últimas semanas que antecederam sua morte, dúzias de pessoas da cidade haviam se hospedado lá, disse ela, tinham dormido em Traich e *virado a casa de cabeça para baixo*, disse. Os artistas, prosseguiu, são pessoas *singulares* — a palavra *singular* também não era coisa dela, mas de Wertheimer, que tinha uma predileção pela palavra *singular*, pensei comigo. Pessoas como Wertheimer (e eu também!) são capazes de suportar longos períodos de isolamento, pensei, mas depois precisam de companhia; Wertheimer agüentou vinte anos sem ninguém, e então encheu sua casa com gente de todo tipo. E se matou, pensei. Assim como minha casa em Desselbrunn, Traich também é um local apropriado para a solidão, pensei, para uma cabeça como a minha, como a de

Wertheimer, para uma cabeça de artista, para aquilo que chamam de intelectual, mas se sobrecarregamos uma casa assim além de um determinado limite, muito bem demarcado, ela nos mata, é absolutamente fatal. A princípio, montamos uma casa desse tipo para nossos propósitos artísticos e intelectuais, e uma vez montada para esse fim, ela nos mata, pensei, enquanto a dona da pensão limpava com os dedos a poeira da porta do guarda-roupa, sem qualquer cerimônia — pelo contrário: divertia-lhe o fato de eu a observar, de, por assim dizer, não tirar os olhos dela. Agora, de repente, já não me parecia mais algo incompreensível que Wertheimer tivesse ido para a cama com ela. Disse-lhe que provavelmente passaria apenas uma noite ali, pois de súbito tinha sentido necessidade de visitar Traich mais uma vez e de, portanto, pernoitar em sua pousada; perguntei-lhe se lembrava do nome *Glenn Gould*, lembro sim, respondeu ela, *o mundialmente famoso*. Como Wertheimer, também ele tinha passado dos cinqüenta, eu lhe disse, o virtuose do piano, o melhor do mundo, que estivera em Traich uma vez, vinte e oito anos atrás, eu lhe disse, mas ela provavelmente não se lembrava mais disso, ao que ela de imediato me corrigiu, dizendo que se lembrava muito bem *daquele americano*. Mas esse Glenn Gould não tinha se matado, eu lhe disse, sofrera um derrame, *caíra morto sobre o piano*, disse, consciente do desamparo com que dissera aquilo e que me deixou embaraçado menos por causa da dona da pousada do que por mim mesmo, *caiu morto*, ouvia-me ainda dizer, enquanto a dona da pousada já tinha ido até a janela aberta, confirmar que era o fedor da fábrica de papel que empesteava o ar, como sempre quando sopra esse vento das montanhas, disse ela. Wertheimer se matou, eu lhe disse, *esse Glenn Gould* não, esse morreu de morte natural, nunca disse algo tão empolado assim antes, pensei. É provável que Wertheimer tenha se matado porque *esse Glenn Gould* morreu. Um derrame é coisa bonita, disse a dona da pousada, todo mundo quer ter um, fatal. Um fim súbito. Eu já vou indo para Traich, eu lhe disse, perguntando-lhe se ela sabia se havia alguém lá, se havia alguém cuidando da casa. Ela não sabia dizer, mas com certeza os lenhadores estavam lá. Em sua opinião, nada havia mudado em Traich desde a morte de Wertheimer. A irmã dele, que sem dúvida era a herdeira do lugar, não tinha aparecido por ali, *nem nenhum outro herdeiro legítimo*, conforme ela se expressou. Perguntou-me então se eu pretendia jantar em sua pousada, e eu respondi que ainda não sabia dizer o que faria à noite; naturalmente, comeria ali uma salsicha ao vinagrete, onde mais?, pensei, mas não disse, apenas pensei. Sua pousada ia como sempre, os operários da fábrica de papel a mantinham em funcionamento, aparecendo sempre à noite apenas, para o almoço quase nunca aparecia ninguém, isso sempre tinha sido assim. Quando aparecia alguém, eram os entregadores de cerveja e os lenhadores, que ficavam sentados no salão, comendo uma salsicha, disse. Mas a dona da pousada tinha muito o que fazer. Lembrei-me de que havia sido casada com um operário da fábrica de papel, com quem viveu durante três anos, até que ele caiu num daqueles temidos moinhos de papel e foi triturado, e de que ela então nunca mais tinha se casado. Meu marido morreu faz nove anos já, disse ela de pronto, e sentou-se no banco à janela. Casar de novo está fora de questão, disse, ficar sozinha é melhor. Primeiro, fazemos de tudo para casar, para arrumar um marido; mas ela não disse que depois ficou contente por tê-lo perdido, embora com certeza assim pensasse; disse que a desgraça não precisava ter acontecido, *o senhor Wertheimer me ajudou muito nos primeiros tempos, depois do sepultamento*. No momento em que ela já não agüentava mais viver ao lado do marido, pensei enquanto a observava, ele caiu no moinho de papel e morreu, deixando-lhe uma pensão que, se não era suficiente, pelo menos estava lá todo mês. *Meu marido era um homem bom,*

99

disse, *o senhor o conheceu*, embora eu mal pudesse me lembrar dele; lembrava-me apenas que ele vestia sempre aquele avental de feltro da fábrica de papel, que ficava sentado no salão da pousada com o boné de feltro da fábrica de papel na cabeça e que consumia grandes pedaços de carne defumada que a mulher lhe servia. *Meu marido era um homem bom*, ela repetiu várias vezes, olhou pela janela e ajeitou o cabelo. Ficar sozinha também tem suas vantagens, disse. Com certeza eu tinha estado no funeral, ela disse, e logo quis saber tudo sobre o enterro de Wertheimer; que tinha sido em Chur, ela já sabia, mas as circunstâncias que conduziram ao sepultamento de Wertheimer eram-lhe ainda desconhecidas, de modo que me sentei na cama e dei início ao relato. Claro que só consegui fazer um relato fragmentário, começando pelo fato de que eu estava então em Viena, tentando me desfazer de minha casa, uma casa grande, disse, grande demais para uma pessoa só e absolutamente supérflua para alguém que tinha se instalado em Madri, essa cidade que é a mais magnífica de todas as cidades, eu lhe disse. Mas não vendi a casa, contei-lhe, assim como também não estou pensando em vender Desselbrunn, que ela conhecia. Estivera, afinal, com o marido em Desselbrunn uma vez, fazia muitos anos, *quando a vacaria pegou fogo*, disse-lhe, numa crise econômica como a atual é uma idiotice vender um bem real, disse, repetindo diversas vezes de propósito a expressão *bem real*, importante no meu relato. O país estava falido, disse, e ela concordou com um gesto de cabeça, o governo era corrupto, disse, os socialistas, no poder fazia treze anos, tinham abusado ao máximo desse poder e arruinado o país. Enquanto eu falava, a dona da pousada balançava afirmativamente a cabeça e olhava ora para mim ora pela janela. Todo mundo tinha desejado um governo socialista, prossegui, mas agora estavam vendo que justo esse governo socialista havia *malbaratado* tudo, e eu, de propósito, pronunciara a palavra *malba-*

ratado com mais clareza do que todas as demais, nem sequer me envergonhando de tê-la empregado e repetindo-a ainda diversas vezes em relação à falência do Estado sob nosso governo socialista, disse também que o primeiro-ministro era um homem ordinário, astuto, espertalhão, que tinha usado e abusado do socialismo como um veículo para seu perverso apetite de poder, como, aliás, o governo todo, disse, todas essas pessoas são ávidas de poder, vis, sem escrúpulos, o Estado que elas próprias compõem é tudo para elas, disse, e o povo que governam não significa coisa nenhuma. Faço parte desse povo, que amo, mas não quero ter relação alguma com esse Estado, disse. *Nunca em sua história* nosso país tinha estado tão mal, eu lhe disse, nunca em sua história tinha sido governado por gente mais vil e, portanto, mais estúpida e sem caráter. Mas o povo é burro, disse, e demasiado fraco para modificar uma situação dessas, cai sempre na conversa justamente desses espertalhões ávidos de poder, como os que estão no governo agora. E mesmo nas próximas eleições, é provável que nada venha a se modificar nesse quadro lamentável, disse, porque os austríacos são pessoas apegadas a seus hábitos e se habituam até mesmo à lama na qual chafurdam já faz mais de uma década. Pobre do povo, disse. E os austríacos, mais do que ninguém, continuam caindo no conto da palavra *socialismo*, disse, embora todos saibam que a palavra *socialismo* perdeu seu valor. Os socialistas já não são mais socialistas, disse, os socialistas de hoje são os novos exploradores, é tudo uma mentira só! — eu disse à dona da pousada que, no entanto, não queria saber dessa digressão sem sentido, como notei de repente, ela ansiava apenas por meu relato sobre o enterro. Pois bem, eu fora então surpreendido em Viena pelo telegrama proveniente de Zizers, tinha recebido em Viena o telegrama da sra. Duttweiler, disse, a irmã de Wertheimer, havia ido à famosa estufa das palmeiras e dei com o telegrama na porta de casa. Ainda não sabia ao certo como a sra. Duttweiler descobrira que eu estava em Viena, disse. Uma cidade que ficou feia, que já não se pode mais comparar à Viena de antigamente. Uma experiência terrível, depois de anos no exterior, voltar à cidade, a este país arruinado, eu disse. Espanta-me já o fato de a irmã de Wertheimer ter me mandado um telegrama, ter me comunicado a morte de seu irmão. Duttweiler, disse, que nome horroroso! Com o casamento, a irmã de Wertheimer entrou para uma rica família suíça, disse, um conglomerado de indústrias químicas. Mas como ela própria sabia, disse, dirigindo-me à dona da pousada, Wertheimer tinha sempre oprimido, tolhido a irmã; no último minuto, no último segundo, ela escapara dele. Se a dona da pousada fosse agora a Viena, eu lhe disse, ficaria horrorizada. Como a cidade mudou, e para pior, disse. Nem sinal da grandeza, disse, só a escória! O melhor a fazer é nos apartarmos de tudo, nos recolhermos, disse. Não me arrependera por um instante sequer de anos atrás ter partido para Madri. Se não temos a possibilidade de partir, se somos obrigados a viver num país tão estúpido, numa cidade tão estúpida quanto Viena, nós nos acabamos, não sobrevivemos por muito tempo, disse. Em Viena, tive dois dias para pensar em Wertheimer, disse, a caminho de Chur, na noite anterior ao enterro. Ela quis saber quantas pessoas tinham ido ao enterro de Wertheimer. Somente a sra. Duttweiler, seu marido e eu, disse-lhe. E, claro, os funcionários da funerária. Em menos de vinte minutos estava tudo acabado. A dona da pousada me disse então que Wertheimer tinha sempre falado em deixar para ela, caso morresse antes, um colar, *um colar valioso*, ela disse, *da avó dele*. Mas com certeza Wertheimer não tinha deixado nada para ela em seu testamento, julgou, e eu pensei comigo que com toda a certeza Wertheimer não havia feito testamento algum. Se Wertheimer tinha lhe prometido um colar, eu lhe disse, ela iria receber esse colar. Volta e meia ele dormia na pousada, ela contou com o rosto já vermelho; quando, vindo de Viena, ele sentia medo em Traich, o que acontecia com freqüência, ia primeiro até ela, com o intuito de dormir na pousada, já que muitas vezes ele, em pleno inverno, chegava de surpresa a Traich, e a casa não tinha sido aquecida. As pessoas que nos últimos tempos ele convidou para vir a Traich vestiam *roupas malucas, atores*, disse ela, *parecia gente de circo.* Na pousada, não consumiram coisa alguma; abasteceram-se de tudo que é tipo de bebida no armazém. Só o exploravam, disse a dona da pousada, passaram semanas em Traich às custas de Wertheimer, fazendo a maior bagunça, uma barulheira a noite toda, até de manhãzinha. *Gentalha*, disse ela. Ficaram sozinhos em Traich por semanas, sem Wertheimer, que só apareceu dois ou três dias antes de partir para Chur. Várias vezes ele dissera à dona da pousada que iria para Zizers, na casa da irmã e do cunhado, mas sempre adiava a viagem. Tinha escrito muitas cartas para a irmã em Zizers, pedindo a ela que viesse visitá-lo em Traich, que se separasse do marido, que para ele, Wertheimer, não valia nada, a dona da pousada me contou; que largasse *esse sujeito horroroso*, ela repetiu as palavras de Wertheimer, mas a irmã não respondera às cartas dele. Não podemos prender uma pessoa a nós, eu disse, se essa pessoa não quer, temos que deixá-la em paz, disse. Wertheimer quis prender a irmã junto de si para todo o sempre, eu lhe disse, e isso foi um erro. Fez a irmã ficar maluca, e ao fazê-lo, ele próprio ficou louco, disse, pois é loucura alguém se matar. E o que iria acontecer agora com o dinheiro todo que Wertheimer havia deixado, perguntou a dona da pousada. Isso eu não sabia, respondi; a herdeira era decerto a irmã, opinei. *O dinheiro vai sempre para quem já tem*, ela disse, e quis saber mais sobre o funeral, mas eu não tinha mais o que contar, porque já tinha dito tudo o que sabia sobre o enterro de Wertheimer, praticamente tudo. Tinha sido um *funeral judaico?*, quis saber a dona da pousada. *Não, não foi um funeral judaico*, eu respondi; Wertheimer foi enterrado do modo mais rápido possível, tudo se passou tão rápido que eu quase nem vi. Depois do enterro, os Duttweiler me convidaram para almoçar, eu lhe disse, mas recusei o convite, não queria a companhia deles. O que foi um erro, disse; devia ter aceitado e ido com eles; de repente, estava sozinho e não sabia o que fazer em seguida, eu disse. Chur é uma cidade feia, contei-lhe, sombria como nenhuma outra. Wertheimer foi enterrado lá apenas *em caráter provisório*, disse de repente; pretendem enterrá-lo *definitivamente em Viena*, no cemitério de Döbling, disse, no jazigo da família. A dona da pousada levantou e disse que o ar quente lá de fora com certeza iria aquecer o quarto até a chegada da noite, que eu podia ficar sossegado. O gelo do inverno ainda esfria tudo aqui dentro, ela disse. De fato, eu receava pegar um resfriado, pensando que teria que dormir no quarto onde já tinha passado tantas noites insones. Mas não tinha outro lugar para ir, porque os demais são ou muito distantes ou ainda mais primitivos do que a pousada, pensei. Antes, é certo, eu era muito menos exigente, pensei, não tão sensível quanto hoje, de modo que, em todo caso, antes de ir para a cama, iria pedir mais dois cobertores de lã à dona da pousada. Será que ela não poderia ainda preparar um chá para mim, antes de eu ir para Traich, eu lhe pedi, e ela desceu rumo à cozinha para fazer um chá quente. Enquanto isso, desfiz minha mala e pendurei no guarda-roupa o terno cinza-escuro que trouxera comigo para Chur, a roupa de enterro, por assim dizer. Por toda parte, eles penduram o anjo Rafael nas paredes dos quartos, de mau gosto, pensei, contemplando o anjo na parede, já bolorento, mas por isso mesmo mais suportável. Lembro dos porcos se precipitando na gamela e me acordando por volta das cinco horas da manhã, quando eu ficava aqui, do estúpido bater de portas da dona da pousada. Se sabemos o que nos espera, pensei, é mais fácil para nós suportá-lo. No espelho — diante do qual precisei me abaixar para poder ver meu rosto —, descobri a impigem na têmpora que tinha tratado durante semanas com uma pomada chinesa e que desaparecera, mas que agora lá estava de novo, uma constatação que me amedrontou. Pensei logo numa doença ruim, uma doença que meu médico estaria me ocultando e que, apenas para me tranqüilizar, me manda tratar com a pomada chinesa, inútil na verdade, como eu acabara de constatar. Uma tal impigem, é claro, pode ser o ponto de partida para uma doença grave, ruim, pensei, voltando-me para longe do espelho. De repente, pareceu-me absurdo completo ter desembarcado em Attnang Puchheim e vindo para Wankham com o intuito de seguir até Traich. Desta Wankham horrorosa eu poderia ter me poupado, pensei, não precisava estar neste quarto gelado e mofento, com medo da noite, cujos horrores todos eu não tinha dificuldade em imaginar. Até mesmo ter ficado em Viena, não ter reagido ao telegrama da sra. Duttweiler e, portanto, não ter ido a Chur teria sido melhor, eu disse a mim mesmo, do que ter feito essa viagem para Chur, ter desembarcado em Attnang Puchheim e vindo para Wankham, e isso a fim de rever Traich, que afinal não me diz respeito. Uma vez que não conversei com os Duttweiler e nem sequer senti coisa alguma diante da cova aberta de Wertheimer, pensei, eu poderia muito bem ter evitado toda a tortura, não ter me sujeitado a ela. Era-me repulsiva a maneira como tinha procedido. Por outro lado, o que eu teria para conversar com a irmã de Wertheimer?, eu me perguntei. Ou com seu marido, que pouco me importava e que de fato me causou repulsa, mais ainda pessoalmente do que por meio das descrições de Wertheimer, que já o apresentara a mim sob uma luz mais do que desfavorável. Com gente como esse Duttweiler não converso, eu tinha pensado já ao vê-lo pela primeira vez. Mas mesmo um sujeito como esse Duttweiler foi capaz de fazer a Wertheimer abandonar o irmão e partir para a Suíça, pensei, mesmo um su-

105

jeito repulsivo como esse Duttweiler! Olhei de novo para o espelho e constatei que agora a impigem já não se restringia apenas à têmpora direita, mas tinha aparecido também na parte posterior da cabeça. A Duttweiler deve agora, provavelmente, voltar para Viena, pensei; o irmão está morto, a casa no Kohlmarkt está livre para ela; não precisa mais da Suíça. A casa em Viena pertence a ela, assim como Traich. Além do mais, seus móveis estão na casa no Kohlmarkt, pensei, os móveis que ela amava e que seu irmão, como ele próprio sempre dizia, odiava. Agora ela pode viver numa boa com o suíço em Zizers, pensei, pois pode voltar a Viena ou ir a Traich quando quiser. O virtuose jaz no cemitério de Chur, perto do monte de lixo, pensei por um instante. Os pais de Wertheimer haviam sido sepultados ainda conforme a tradição judaica, pensei. O próprio Wertheimer, por sua vez, sempre se definira nos últimos anos como alguém *sem religião*. O jazigo dos Wertheimer no cemitério de Döbling, logo ao lado do chamado jazigo dos Lieben e do túmulo de Theodor Herzl, eu visitara diversas vezes na companhia de Wertheimer; não o irritava que o enorme bloco de granito onde tinham sido inscritos os nomes dos Wertheimer que jaziam ali, no jazigo dos Wertheimer, já houvesse, com o passar dos anos, sido deslocado uns dez ou vinte centímetros por uma faia que se erguia de dentro do jazigo; sua irmã sempre quis forçá-lo a cortar a faia e recolocar o bloco de granito em sua posição original, mas a ele próprio não incomodava o fato de a faia crescer desimpedida de dentro do jazigo e de ter sido capaz de deslocar o bloco de granito; ao contrário — toda vez que ele ia até o jazigo, espantava-se com a faia e com o deslocamento cada vez maior do bloco de granito. Agora, a irmã vai remover a faia do jazigo e endireitar o bloco de granito; e antes disso vai mandar *transladar* Wertheimer de Chur para Viena e sepultá-lo no jazigo da família, pensei. Wertheimer era o sujeito mais apaixonado por cemitérios que conheci, mais apaixonado ainda do que eu, pensei. Com o dedo indicador da mão direita, escrevi um grande W na poeira da porta do guarda-roupa. Desselbrunn me veio então à mente; por um momento, flagrei-me entretendo o pensamento sentimental de afinal ir até lá, pensamento que liquidei de imediato. Queria ser coerente e disse a mim mesmo que não iria a Desselbrunn, que passaria ainda uns cinco ou seis anos sem aparecer por lá. Uma tal visita a Desselbrunn com certeza vai me enfraquecer por anos, disse-me, não posso me dar ao luxo de fazê-la. A paisagem diante da janela era aquela paisagem erma, desoladora de Desselbrunn, que eu conhecia tão bem e que anos atrás eu de repente não podia mais ver. Se não tivesse ido embora de Desselbrunn, disse a mim mesmo, eu teria morrido, não existiria mais, teria perecido *antes* de Glenn e *antes* de Wertheimer, teria, tenho que dizê-lo, definhado, porque a paisagem em Desselbrunn e ao seu redor é uma paisagem de definhamento, como a paisagem diante da janela em Wankham, que ameaça as pessoas e as sufoca lentamente, jamais animando-as e jamais protegendo-as. Não podemos escolher o lugar em que nascemos, pensei. Mas podemos ir embora dele quando ele ameaça nos sufocar, esse partir que nos mata se deixamos passar a hora de partir. Tive a sorte de partir no momento certo, disse a mim mesmo. E, por fim, fui embora de Viena também, porque também Viena ameaçava me sufocar, me asfixiar. De qualquer forma, devo o fato de ainda estar vivo, de *poder* seguir existindo — como de súbito disse a mim mesmo —, a uma conta bancária paterna. Não é uma região propícia à vida, disse a mim mesmo. Tampouco uma paisagem tranqüilizadora. Não há pessoas agradáveis. Ficam me espreitando, pensei. Amedrontando. Enganando. Nunca me senti seguro nesta região, pensei. Constantemente atormentado por doenças e, por fim, a insônia quase me matou. Quando os homens vieram de Altmünster buscar o Steinway, que alívio, pensei, uma súbita liberdade de ir e vir em Desselbrunn. Não abandonei a arte, o que quer que ela seja, ao doar o Steinway à filha do professor de Altmünster, pensei. O Steinway entregue à vileza do professor, entregue à estupidez da filha do professor, pensei. Se tivesse dito a ele quanto valia de fato meu Steinway, ele teria levado um susto, pensei, não tinha idéia de quanto valia o instrumento. Já ao mandar trazer o Steinway de Viena para Desselbrunn eu sabia que ele não ficaria ali por muito tempo, mas naturalmente nem imaginava que o doaria à filha do professor, pensei. Enquanto tive o piano, não tinha autonomia para escrever, pensei, não era livre como a partir do momento em que o Steinway foi retirado da casa em definitivo. Eu precisava me separar do Steinway para poder escrever; honestamente falando, passei catorze anos escrevendo, e por causa do piano só produzi inutilidades, em maior ou menor grau, e isso porque não me separava dele. Mal o Steinway tinha sido retirado da minha casa, comecei a escrever melhor, pensei. Na calle del Prado, ficava sempre pensando no Steinway lá em Viena (ou em Desselbrunn); por isso, julgava, não conseguia escrever nada melhor do que aquelas tentativas sempre fracassadas. Assim que mandei tirar o piano de lá, passei a escrever de outra forma, desde o primeiro instante, pensei. Isso, porém, não significa que junto com o Steinway eu tenha abandonado a música, pensei. Ao contrário. Mas ela parou de ter aquele poder devastador sobre mim, simplesmente não me doía mais, pensei. Quando olhamos para esta paisagem ficamos com medo. Não queremos mais, de modo algum, retornar a ela. Tudo é sempre cinza, e as pessoas nos causam constantemente uma impressão deprimente. Eu iria voltar a me esgueirar por meu quarto e não teria sequer um único pensamento útil, pensei. E ficaria como todas estas pessoas daqui, basta olhar para a dona da pousada, essa criatura totalmente destruída pela natureza, que aqui domina tudo, e que não consegue mais escapar de sua vulgaridade e vileza, pensei. Nesta paisagem maléfica eu teria morrido. Mas jamais precisaria ter ido a Desselbrunn, pensei; não precisaria ter aceitado a herança, poderia ter renunciado a ela, *afinal eu a abandonei mesmo*, pensei. Desselbrunn foi construída por um de meus tiosavôs, que foi diretor da fábrica de papel, como uma casa senhorial, com muitos quartos para os muitos filhos que teve. Tê-la abandonado foi minha salvação, com certeza. De início, eu ia para lá apenas no verão, com meus pais; depois, morei anos ali, freqüentando a escola em Wankham, pensei; depois, o ginásio em Salzburgo, o Mozarteum, um ano de Academia de Viena, pensei, de volta ao Mozarteum; depois, o retorno a Viena e por fim, com a idéia de me recolher ali para sempre com minhas ambições intelectuais, fui para Desselbrunn, onde logo fracassei, sentindo ter me metido num beco sem saída. A carreira de virtuose do piano como pretexto, mas um pretexto levado às últimas conseqüências, à perfeição, pensei. Então, no ápice da minha capacidade, como posso afirmar, abandonei tudo, *joguei tudo fora*, tenho que dizê-lo, dei na minha própria cabeça, doei o Steinway. Quando chove ininterruptamente aqui, durante seis, sete semanas, e as pessoas ficam malucas com essa chuva ininterrupta, pensei, então um sujeito precisa ter extrema força de vontade para não se matar. Mas a metade destas pessoas daqui acaba se matando, cedo ou tarde; não se acabam por si sós, como se diz. Não têm nada além de seu catolicismo ou do Partido Socialista, as duas instituições mais repulsivas do nosso tempo. Em Madri, eu pelo menos saio de casa uma vez por dia, para comer, pensei; aqui eu jamais sairia de casa, em meu progressivo e irremediável processo de definhamento. E, no entanto, nunca pensei a sério em vender a casa; especular, especulei, como nos últimos dois anos, mas naturalmente sem resultado nenhum. Também nunca prometi a nenhum responsável por ela que *não* venderia Desselbrunn, pensei. Sem um corretor, nenhuma venda é possível, e eu tenho horror a corretores, pensei. Uma casa como Desselbrunn, nós podemos tranqüilamente abandoná-la por anos a fio, pensei, deixar que apodreça, pensei, por que não? A dona da pousada tinha feito o chá para mim e eu desci para o salão. Sentei-me à mesa junto da janela, onde costumava me sentar também no passado, mas não tive a impressão de que o tempo parara. Ouvi a dona da pousada trabalhando na cozinha e pensei que provavelmente estava fazendo a comida para o filho que chega da escola por volta da uma ou das duas, requentando um gulache ou cozinhando uma sopa de legumes. Na teoria, nós entendemos as pessoas, mas na prática não as suportamos, pensei; na maioria das vezes, nos relacionamos com elas apenas a contragosto e as tratamos sempre do nosso ponto de vista. Mas não deveríamos contemplar as pessoas e tratá-las apenas do nosso ponto de vista, e sim de todos os ângulos possíveis, pensei, relacionarmo-nos com elas de tal forma que possamos dizer que o fazemos de maneira absolutamente imparcial, por assim dizer, o que não acontece porque na realidade somos sempre parciais com relação a todo mundo. A dona da pousada já foi doente dos pulmões como eu, pensei, e como eu conseguiu expulsar de si essa doença, liquidá-la, graças a sua vontade de viver. Aos trancos e barrancos, como se diz, conseguiu terminar o ginásio, pensei, e então assumiu a pousada do tio, envolvido num assassinato até hoje nunca devidamente esclarecido e condenado a vinte anos de prisão. Diz-se que o tio, junto com um vizinho, teria estrangulado um hóspede da pousada, um representante dos chamados *artigos de armarinho*, no quarto ao lado do meu, a fim de se apoderar da enorme soma em dinheiro que o representante vienense trazia consigo. Desde o assassinato, o Moinho de Dichtel, que é como se chama a pousada, ficou mal-afamado, por assim dizer. De início, isto é, tão logo se soube do assassinato, o Moinho de Dichtel começou a ir por água abaixo e ficou fechado por mais de dois anos. O juiz, então, entregou a pousada à sobrinha do assassino — ou seja, o tio —, pensei; o Moinho de Dichtel foi reaberto e passou a ser administrado pela sobrinha, mas naturalmente nunca mais foi o mesmo Moinho de Dichtel de antes do assassinato. Do tio da dona da pousada nunca mais se ouviu falar, pensei; mas, como todos os assassinos e os condenados a vinte anos de prisão, é provável que ele tenha sido libertado após cumprir doze ou treze anos, talvez já nem esteja vivo, pensei, mas não tinha a intenção de perguntar à dona da pousada sobre seu tio, pois não tinha vontade nenhuma de ouvir de novo toda a história do assassinato, que ela já havia me contado diversas vezes, e, aliás, a meu pedido. O assassinato do representante comercial vienense causou grande furor à época; durante o processo, os jornais se enchiam diariamente de notícias sobre o caso, e o Moinho de Dichtel, fechado fazia tempo, ficou semanas sitiado por curiosos, embora não houvesse nada de notável para se ver ali. Desde o assassinato, o Moinho de Dichtel passou a ser chamado apenas de *casa do crime*, de modo que quando as pessoas querem dizer que vão *ao Moinho de Dichtel*, dizem que vão *à casa do crime*, o que virou costume. No processo, apresentaram-se apenas indícios, pensei; não ficou de fato provado que o crime tinha sido cometido quer pelo tio quer por seu cúmplice, cuja família, aliás, também caiu em desgraça, como se diz, em virtude da história toda. Mesmo o tribunal não acreditou que o chamado limpador de estradas teria cometido crime tão vil em companhia do tio da dona da pousada, que sempre e em toda parte foi descrito como *um homem afável, modesto e de absoluta firmeza de caráter*, assim como ainda hoje ele é descrito como afável, modesto e de absoluta firmeza de caráter por aqueles que o conheceram; os jurados, porém, decidiram-se pela pena máxima, não apenas para o tio da dona da pousada, como também para o ex-limpador de estradas, que, conforme sei, já morreu e, como vivia dizendo sua mulher, de desespero por, embora inocente de fato, ter se tornado vítima de jurados misantropos. Mesmo tendo destruído para toda a vida pessoas inocentes e suas famílias, os tribunais seguem em frente com seu trabalho cotidiano; os jurados — cujos veredictos obedecem sempre a um humor momentâneo, além de um ódio desenfreado por seus semelhantes — arranjam-se muito rápido com um tal veredicto equivocado e consigo próprios, mesmo depois de já terem percebido que cometeram um crime efetivamente irreparável contra pessoas inocentes. A metade das condenações decididas por tais júris, informei-me, repousa de fato sobre um veredicto equivocado, pensei, e tenho certeza absoluta de que foi isso que aconteceu no assim chamado *processo do Moinho de Dichtel*, que terminou com um veredicto equivocado por parte dos jurados. Os chamados tribunais distritais austríacos são famosos por serem proferidos neles todo ano dúzias de veredictos equivocados decididos pelos jurados e, portanto, por carregarem na consciência dúzias de inocentes a cumprir em geral penas de prisão perpétua em nossas instituições penais, sem qualquer perspectiva de algum dia se *reabilitarem*, como se diz. Na realidade, pensei, há mais inocentes do que culpados cumprindo pena em nossas prisões e instituições penais, e isso pelo fato de haver tantos juízes sem consciência e tantos jurados que odeiam seres humanos, seus semelhantes, neles se vingando, portanto, da própria infelicidade e monstruosidade, neles que, em razão das circunstâncias medonhas que os conduziram aos tribunais, se vêem à mercê de juízes e jurados. O sistema jurídico austríaco é diabólico, pensei, como somos constantemente obrigados a constatar quando lemos os jornais com atenção; e torna-se com certeza ainda mais diabólico quando ficamos sabendo que apenas uma porção ínfima de seus crimes vem à luz, tornando-se pública. Eu próprio estou convencido de que o tio da dona da pousada não é o assassino, ou melhor, o cúmplice que o acusaram de ser treze ou catorze anos atrás, pensei. Suponho mesmo que o próprio limpador de estradas seja, na verdade inocente; afinal, lembro-me muito bem do noticiário sobre o processo e no fundo ambos — tanto o tio da dona da pousada, denominado o proprietário do Dichtel, quanto seu vizinho, o limpador de estradas — deveriam ter sido de pronto absolvidos; foi isso, aliás, o que o próprio procurador público postulou ao final, mas os jurados já haviam decidido que ambos tinham cometido o crime em conjunto, mandando, pois, o proprietário do Dichtel e o limpador de estradas para a penitenciária de Garsten, pensei. E, se ninguém possui a coragem, a força ou o dinheiro para, como se diz, mandar reabrir esse processo terrível, um veredicto equivocado como o do caso do proprietário do Dichtel e do limpador de estradas segue simplesmente vigendo, uma terrível injustiça contra duas pessoas que são de fato inocentes, e uma injustiça de que ninguém mais — ou seja, a sociedade inteira — quer ouvir falar; se os dois são culpados ou inocentes, não faz a menor diferença. O processo do Moinho de Dichtel, como ficou conhecido, viera-me à mente, e fiquei pensando nele o tempo todo que permaneci sentado à mesa junto da janela; isso porque tinha descoberto a fotografia pendurada na parede defronte, mostrando o proprietário do Dichtel em sua roupa de trabalho e fumando cachimbo, e pensei então que a dona da pousada provavelmente não tinha pregado a foto ali apenas em sinal de agradecimento, por dever ao tio o Moinho de Dichtel e portanto sua própria subsistência, mas o fizera também com o intuito de não permitir que o moleiro de Dichtel, ou melhor, o proprietário do Dichtel, caísse em completo esquecimento. Mas a maioria dos que se ocuparam a fundo do processo do Moinho de Dichtel está morta faz tempo, pensei, e hoje as pessoas nem sabem que fotografia é aquela. O Moinho de Dichtel conservou, porém, sem dúvida, essa fama de local onde um crime capital foi cometido, pensei, o que naturalmente atrai as pessoas. Não nos desagrada ver pessoas sendo objeto de suspeita, vê-las acusadas e trancafiadas, pensei, essa é que é a verdade. Gostamos quando crimes vêm à luz, pensei, contemplando a fotografia defronte. Quando a dona da pousada voltar da cozinha, vou perguntar a ela o que aconteceu com seu tio, pensei, e me pus a dizer a mim mesmo ora que ia perguntar ora que não ia, pergunto, não pergunto, e assim continuei observando o tempo todo a fotografia do proprietário do Dichtel e pensei: vou perguntar a ela tudo sobre o tio, não, não vou perguntar etc. De repente, um homem simples, como se diz, que na verdade nunca é um homem simples, é arrancado de seu ambiente, verdadeiramente da noite para o dia, e enfiado na prisão, pensei, de onde, se chegar a sair algum dia, sairá como um homem completamente destruído, como um náufrago da justiça, conforme tive que dizer a mim mesmo, algo pelo que no fim a sociedade inteira é culpada. Tão logo o processo foi concluído, aliás, os jornais levantaram a questão, perguntando se o proprietário do Dichtel e o limpador de estradas não seriam na verdade inocentes; publicaram-se inclusive alguns editoriais nesse sentido, mas passados dois ou três dias ninguém mais falava no assunto. O que se deduzia desses editoriais era que os acusados do crime e condenados não *podiam* tê-lo cometido; uma terceira pessoa — ou várias delas — deve tê-lo cometido; os jurados, porém, já tinham proferido sua sentença, e o processo jamais foi reaberto, pensei; de fato, ocupei-me de pouca coisa em minha vida com maior intensidade do que desse direito penal no nosso mundo. Se examinamos essa faceta penal do nosso mundo, ou seja, de nossa sociedade, ficamos todo dia, como se diz, de cabelo em pé. Quando, um tanto quanto esgotada, a dona da pensão saiu da cozinha e veio sentar-se à minha mesa — tinha lavado roupa e seguiu exalando aquele cheiro de cozinha por algum tempo —, acabei afinal lhe perguntando o que havia acontecido com seu tio, o proprietário do Dichtel; não o fiz, porém, de modo grosseiro, mas com extremo cuidado. O tio tinha ido morar com o irmão em Hirschbach, ela me contou, uma cidadezinha na fronteira com a Tchecoslováquia onde ela própria só estivera uma vez, fazia já muitos anos, quando seu filho tinha ainda três anos de idade. Sua intenção tinha sido mostrar o filho ao tio, na esperança de que este — que, supôs, tinha ainda muito dinheiro — lhe prestasse alguma ajuda naquele momento de necessidade, de que ele lhe desse dinheiro, portanto; somente com esse propósito ela se submetera, junto com o filho, a todo o cansaço de uma tal viagem a Hirschbach, na fronteira da Tchecoslováquia, seis meses após a morte do marido, do pai da criança, que, a despeito de todas as circunstâncias desfavoráveis, tinha crescido forte e sadia. O tio, porém, nem sequer a recebera, mandara o irmão inventar uma desculpa qualquer e não tinha dado as caras, até que ela desistiu de, na companhia do filho, esperar por ele, e sem ter obtido sucesso em seu intento, viajou de volta para Wankham. Como podia um homem ser tão duro de coração, ela perguntou, mas, por outro lado, disse que compreendia o tio. Ele não queria mais nem ouvir falar em Wankham e no Moinho de Dichtel, ela disse. Quem esteve numa prisão, seja lá por quanto tempo, não quer mais, quando sai, voltar para o lugar de onde veio, ela disse. A dona da pousada tinha esperado conseguir auxílio de seu tio — ou pelo menos de seu segundo tio, o tio de Hirschbach —, mas não recebeu esse auxílio, e justamente de nenhum daqueles dois homens que eram, e ainda hoje são, seus últimos parentes e sobre os quais sabia que, embora levando uma vida de pobre — e em Hirschbach era natural que fosse assim —, dispunham ainda de grande fortuna; sugeriu ademais quão grande avaliava ser a fortuna dos dois tios, embora não tenha mencionado uma soma precisa, e se tratava de uma fortuna de dar dó, de tão pequena, pensei, mas a ela, à dona da pousada, aquele montante devia parecer tão imenso que ela teve esperança de extrair daí ajuda decisiva, pensei. Os velhos, mesmo quando não precisam de mais nada, são avarentos; quanto mais velhos, mais avarentos ficam, não abrem mão de um tostão; seus descendentes podem passar fome diante de seus olhos, eles nem ligam. A dona da pousada passou então a descrever sua viagem a Hirschbach, como é trabalhoso ir de Wankham até lá; contou que precisou fazer três baldeações, levando consigo a criança doente, e que a visita a Hirschbach, além de não lhe render dinheiro algum, provocou-lhe uma inflamação na garganta, uma séria inflamação, que durou uma semana, disse. De volta de Hirschbach, tinha pensado em tirar o retrato do tio da parede, mas acabou não tirando por causa dos fregueses, que com certeza teriam perguntado por que tirara a fotografia da parede, e ela não sentia vontade de ficar contando a todo mundo a história toda, disse. Se o fizesse, iriam querer saber tudo sobre o processo, disse, e ela não iria contar. Mas o fato era que, *antes* de viajar a Hirschbach, ela amava o tio retratado na fotografia, ao passo que, *depois* de sua volta de lá, só podia mesmo odiá-lo. Tinha demonstrado a maior compreensão para com o tio, disse, e ele não demonstrara a menor compreensão para com ela. Afinal, *ela* havia reaberto o Moinho de Dichtel e seguira administrando a pousada, disse, sob circunstâncias as mais adversas; não deixara a casa apodrecendo e tampouco a tinha vendido, e oportunidades para tanto não faltaram. Seu marido nunca dera a mínima para a pousada, afirmou; ela o conhecera numa festa de Carnaval em Regau, aonde tinha ido comprar umas cadeiras velhas para a pousada, postas de lado por uma pousada de lá. Vira logo o bom sujeito sentado completamente só, sem companhia. Sentara-se à mesa dele e o trouxera consigo para Wankham, e ali ele tinha ficado. Mas assumir a pousada, ele nunca tinha assumido, ela disse. Ali, as esposas todas — *esposas* foi de fato a palavra que ela usou —, as esposas todas tinham sempre que contar com a possibilidade de os maridos caírem no moinho de papel ou de o moinho levar pelo menos uma das mãos deles, arrancar-lhes alguns dedos, disse; no fundo, tratava-se de algo cotidiano eles se machucarem no moinho de papel, e nas redondezas só circulavam aqueles homens mutilados pelo moinho de papel. Noventa por cento dos homens daqui trabalham na fábrica de papel, ela disse. E ninguém tinha outra coisa em vista para os filhos a não ser mandá-los também para a fábrica de papel, ela disse, o mesmo mecanismo há gerações, pensei. E se a fábrica de papel acabar, ela disse, eles estão na rua. E o fechamento da fábrica de papel era só uma questão de tempo, pouquíssimo tempo, afirmou, tudo indicava; como a fábrica tinha sido estatizada e, como todas as estatais, tinha bilhões em dívidas, logo teriam que fechá-la. Tudo aqui gira em torno da fábrica de papel; se ela for fechada, acabou-se. Ela própria estaria acabada, pois noventa por cento de sua freguesia se compunha dos trabalhadores da fábrica, disse; os trabalhadores pelo menos gastam seu dinheiro, afirmou, os lenhadores, ao contrário, não gastam nada, e os dois ou três lavradores ela via no máximo uma ou duas vezes por ano, porque eles evitavam o Moinho de Dichtel desde a época do processo, não entravam mais lá sem fazer perguntas desagradáveis, ela disse. Fazia tempo que ela já nem pensava mais naquele futuro sem saída; era-lhe indiferente o que viesse; seu filho, afinal, estava agora com doze anos e por ali os filhos começavam a se virar sozinhos já aos catorze. O futuro não me interessa nem um pouco, ela disse. O sr. Wertheimer, afirmou, sempre tinha sido *um hóspede bem-vindo*. Mas *esses senhores refinados* não faziam idéia do que era viver como ela vivia, administrar uma pousada como o Moinho de Dichtel. Eles (os senhores refinados!) só ficavam falando de seus assuntos incompreensíveis, não tinham que se preocupar com nada e passavam o tempo todo refletindo sobre o que fazer com seu dinheiro e com seu tempo. Ela própria nunca tivera dinheiro e tempo suficientes, nem sequer fora única e exclusivamente infeliz, ao contrário daqueles a quem tinha chamado *senhores refinados*, os quais sempre tinham tido tempo e dinheiro suficientes e ficavam falando a toda hora de sua própria infelicidade. Ela não conseguia entender que Wertheimer sempre lhe dissesse ser uma pessoa infeliz. Com freqüência, ficava sentado até uma hora da manhã no salão da pousada, lamuriando-se, e ela sentia *pena* dele, como disse, e subia com ele para o quarto porque no meio da noite ele não queria mais voltar para Traich. Como podiam pessoas assim, como o sr. Wertheimer, dispondo de todas as possibilidades de serem felizes, não as utilizarem nunca?, perguntou. Uma casa tão magnífica e tanta infelicidade numa pessoa só, disse. No fundo, o suicídio de Wertheimer não havia sido surpresa para ela, mas ele não podia ter feito aquilo, ter se enforcado justamente em Zizers, numa árvore em frente à casa da irmã, aquilo ela não lhe perdoava. A maneira como ela dizia *senhor Wertheimer* era comovente e repugnante ao mesmo tempo. *Uma vez eu lhe pedi dinheiro, mas ele não me deu*, ela disse; *precisava de crédito para comprar uma geladeira nova. Mas quando se trata de dinheiro, eles fecham a mão, essa gente rica.* E, no entanto, Wertheimer jogava seus milhões pela janela, segundo ela. Também eu era para ela igual a Wertheimer, abastado, rico até, e desumano, pois ela disse de repente que todos os abastados e ricos eram desumanos. Mas seria então *ela* humana, eu lhe perguntei, e ela não respondeu. Levantou-se e foi ao encontro dos entregadores de cerveja, que tinham estacionado seu enorme caminhão defronte à pousada. Eu refletia sobre o que a dona da pousada me dissera, razão pela qual não me levantei de imediato para ir a Traich, mas permaneci sentado a fim de observar os entregadores de cerveja e sobretudo a própria dona da pousada, que sem dúvida tinha mais intimidade com aqueles homens do que com todas as outras pessoas que freqüentavam a casa. Desde a mais tenra infância, os entregadores de cerveja sempre me fascinaram, e assim é agora também. Fascinou-me a maneira como descarregaram os barris, rolaram-nos diante deles pela entrada do estabelecimento e abriram ainda o primeiro barril para a dona da pousada, sentando-se com ela à mesa vizinha à minha. Quando eu era criança, queria ser entregador de cerveja; admirava-os, não me cansava de ficar olhando para eles. Sentado à mesa vizinha e observando os entregadores de cerveja, tinha sucumbido de novo a esse sentimento infantil, mas não me permiti entretê-lo por muito tempo: levantei-me e saí do Moinho de Dichtel rumo a Traich, não sem antes ter dito à dona da pousada que estaria de volta no final da tarde, talvez antes, *conforme fosse*, e que gostaria de jantar. Ao sair, ouvi ainda os entregadores perguntando à dona da pousada quem eu era, e como tenho ouvidos aguçadíssimos, ouvi-a sussurrar meu nome e dizer que eu era um amigo de Wertheimer, o maluco que tinha se matado na Suíça. Em vez de ir agora a Traich, eu, no fundo, teria preferido ficar sentado no salão, ouvindo a conversa dos entregadores de cerveja com a dona da pousada, pensei ao sair; teria preferido sentar-me à mesa com os entregadores e beber com eles um copo de cerveja. Volta e meia nós nos imaginamos sentados na companhia daqueles por quem a vida toda nos sentimos atraídos, justo dessas chamadas pessoas simples, que naturalmente imaginamos bem diferentes do que são na verdade, pois se nos sentamos de fato em sua companhia, veremos que elas não são como pensávamos, e que ao contrário do que incutimos em nossa cabeça, não pertencemos em absoluto a seu meio; portanto, o que encontramos à sua mesa e em seu meio é sempre e tão-somente a temida rejeição, e é lógico que seja assim, se nos sentamos à sua mesa acreditando pertencer a seu meio ou acreditando que podemos nos sentar impunemente em sua companhia ao menos um pouquinho, o que constitui um grande erro, pensei. A vida toda ansiamos por essas pessoas, queremos ir até elas, e quando demonstramos o que sentimos por elas, somos repelidos, e com a maior desconsideração, aliás. Wertheimer sempre contava que fracassou nessa sua ânsia de estar com as chamadas pessoas simples e, portanto, com o chamado povo, nessa ânsia de pertencer a seu meio, e contava com freqüência ter ido ao Moinho de Dichtel com o propósito de sentar-se à mesa do povo, mas apenas para, já nessa primeira tentativa nesse sentido, ser obrigado a compreender que é um erro acreditar que pessoas como ele, Wertheimer, ou eu poderiam sentar-me sem mais à mesa do povo. Pessoas como nós se vêem desde cedo excluídas da mesa do povo, ele disse certa vez, como me lembro, e precisamente porque já nascem a uma outra mesa bem diferente, disse, e não à mesa do povo. É claro que pessoas como nós vivem sentindo atração pela mesa do povo, ele disse. Mas não temos nada que fazer lá, afirmou, bem me lembro. Levar uma vida de entregador de cerveja, pensei, e dia após dia carregar e descarregar os barris, rolá-los pelas pousadas da Alta Áustria, sentar-se sempre na companhia de todas essas donas de pousada decadentes e todo dia cair exausto na cama, trinta, quarenta anos a fio. Respirei fundo e rumei o mais rápido possível para Traich. Que no campo somos confrontados de forma muito mais rude do que na cidade com os problemas para todo o sempre insolúveis do mundo, porque na cidade podemos afinal, se quisermos, nos fazer de todo anônimos, pensei; que no campo as atrocidades e barbaridades são jogadas *diretamente* na nossa cara e não escapamos delas; que se vivemos no campo, essas atrocidades e barbaridades com certeza nos aniquilam em pouquíssimo tempo — tudo isso não mudou, pensei, desde quando fui embora. Se voltar a Desselbrunn, estou definitivamente acabado; um retorno a Desselbrunn está fora de questão; nem mesmo daqui a cinco, seis anos, disse a mim mesmo; quanto mais tempo fico longe, mais necessário se faz não voltar mais a Desselbrunn, permanecer em Madri ou em qualquer outra metrópole que seja, disse a mim mesmo, mas não voltar ao campo e nunca mais voltar à Alta Áustria, pensei. Fazia muito frio e ventava. Essa maluquice absoluta de ir a Traich, de ter desembarcado em Attnang Puchheim e ido até Wankham me subira à cabeça. Nesta região, Wertheimer só *tinha* mesmo que ficar doido e por fim enlouquecer de vez, pensei, e disse a mim mesmo que ele sempre foi precisamente *o náufrago* de que Glenn vivia falando, um típico sujeito sem saída é o que foi Wertheimer, disse a mim mesmo, sempre saindo de um beco para com certeza entrar em outro, porque Traich sempre foi para ele um beco sem saída, como mais tarde Viena também, Salzburgo também, naturalmente, pois Salzburgo foi para ele nada mais que um beco sem saída, o Mozarteum foi apenas um beco sem saída, assim como a Academia de Viena e todo o estudo de piano foram um beco sem saída; pessoas assim, aliás, só podem escolher entre dois becos sem saída, disse a mim mesmo, sem jamais escapar desse mecanismo de becos sem saída. *O náufrago já nasceu náufrago*, pensei, *foi desde sempre o náufrago*, e se somos precisos na contemplação do mundo à nossa volta, constatamos que este mundo se compõe quase exclusivamente de tais náufragos, disse a mim mesmo, de pessoas sem saída como Wertheimer, em quem Glenn Gould tinha percebido desde o primeiro momento o sujeito sem saída e o náufrago, tendo sido o primeiro a designá-lo como *náufrago*, à maneira américo-canadense, inescrupulosa, mas totalmente aberta, afirmando sem qualquer cerimônia o que os outros *também* pensavam, mas nunca tinham dito, porque não é própria deles essa maneira américo-canadense, inescrupulosa e aberta, mas com certeza salutar, disse a mim mesmo, porque todos já haviam identificado em Wertheimer o *náufrago*, mas ninguém havia ousado qualificá-lo como tal; talvez, porém, tenha sido somente a falta de imaginação o que os impediu de chegar a uma designação precisa assim, pensei, a qual Glenn Gould cunhou no mesmo instante em que viu Wertheimer pela primeira vez, com sua visão aguçada, cumpre dizer; o *náufrago* logo lhe veio à mente, sem que Glenn houvesse tido necessidade de primeiro observar Wertheimer por um longo período de tempo, ao contrário do que ocorreu comigo, que precisei primeiro observá-lo durante muito tempo, conviver anos com ele, para chegar ao conceito do homem sem saída. Nós nos deparamos continuamente com esses náufragos e homens sem saída, disse a mim mesmo, caminhando apressado contra o vento. Temos o maior trabalho para nos salvar desses náufragos e homens sem saída, pois tanto os náufragos quanto os homens sem saída fazem de tudo para tiranizar o mundo ao seu redor, para acabar com seus semelhantes, disse a mim mesmo. Fracos como são, e precisamente por causa dessa sua fraca constituição, eles possuem força suficiente para exercer um efeito devastador sobre o mundo ao redor, pensei. Agem de forma muito mais inescrupulosa em relação a esse mundo e a seus semelhantes do que, a princípio, imaginamos, disse a mim mesmo, e quando percebemos seu ímpeto, seu mecanismo singular de náufragos e homens sem saída, já é em geral tarde demais para escapar deles; sempre que podem, eles nos puxam para baixo com toda a força, disse a mim mesmo, qualquer vítima lhes serve, ainda que se trate da própria irmã, pensei. De sua infelicidade, de seu mecanismo de náufragos, eles extraem seu grande capital, disse a mim mesmo a caminho de Traich, embora em última instância esse capital evidentemente de nada lhes sirva. Wertheimer sempre encarou a própria vida munido de falsas premissas, disse a mim mesmo, ao contrário de Glenn, que sempre enfrentou sua existência com base nas premissas certas. Wertheimer invejou Glenn Gould até na morte, disse a mim mesmo, não pôde suportar nem mesmo a morte de Glenn Gould, e se matou pouco tempo depois; na verdade, o que deflagrou seu suicídio não foi a partida da irmã para a Suíça, mas o fato insuportável de Glenn Gould ter sido vítima de um derrame no ápice de sua arte, como me cabe dizer. De início, Wertheimer não podia suportar que Glenn tocasse piano melhor do que ele, que de súbito tenha se transformado no gênio Glenn Gould, pensei, e ainda por cima mundialmente famoso; depois, que tenha sofrido um derrame no ápice de sua genialidade e fama, pensei. Para fazer frente a isso, Wertheimer tinha apenas a própria morte, a morte por suas próprias mãos, pensei. Num acesso de megalomania, pegou o trem para Chur, dizia eu agora a mim mesmo, foi até Zizers e se enforcou em frente à casa dos Duttweiler, desavergonhadamente. E o que é que eu teria tido para conversar com os Duttweiler?, perguntei-me, e respondi de imediato a mim mesmo e em voz alta: *nada*. Deveria ter dito à irmã o que na realidade eu pensava e penso de Wertheimer, seu irmão?, pensei. Teria sido o maior dos absurdos, disse a mim mesmo. Eu teria apenas importunado a Duttweiler com minha falação, e isso não teria me levado a lugar algum. Mas eu deveria ter recusado o convite para o almoço dos Duttweiler num tom mais cortês, pensava agora; de fato, eu recusara o convite num tom não apenas indelicado, mas inadmissível mesmo, rude, ofensivo, o que agora não me parecia direito. Agimos de maneira injusta, ofendemos as pessoas apenas para num determinado momento escapar de uma situação mais difícil, de uma confrontação desagradável, pensei; sim, pois a confrontação com os Duttweiler após o enterro de Wertheimer teria com certeza sido tudo, menos agradável; eu teria trazido à tona tudo o que era melhor que não viesse mais à tona, tudo o que tinha a ver com Wertheimer, e o teria feito da forma injusta e imprecisa que desde sempre tem sido minha sina, em suma, de forma subjetiva, munido da subjetividade que eu próprio sempre odiei, mas de que nunca estive a salvo. E os

Duttweiler teriam, à sua maneira, dito coisas sobre Wertheimer que resultariam num retrato igualmente falso e injusto dele, disse a mim mesmo. Nós sempre retratamos e julgamos as pessoas de forma equivocada, as julgamos de forma injusta e as retratamos de modo vil, disse a mim mesmo, sempre, seja lá como for que as retratemos ou julguemos. Um almoço desses em Chur, na companhia dos Duttweiler, teria produzido apenas e tão-somente mal-entendidos e em última instância levado ambas as partes ao desespero, pensei. Ótimo, pois, que eu tenha declinado do convite e regressado à Áustria de imediato, pensei, embora não devesse ter desembarcado em Attnang Puchheim, mas seguido direto para Viena, onde pernoitaria e partiria então para Madri, pensei. Não me perdoava o componente sentimental daquela interrupção de minha viagem em Attnang Puchheim, para aquele repugnante mas necessário pernoite em Wankham, a fim de visitar a Traich deixada por Wertheimer. Podia ao menos ter perguntado à Duttweiler quem estava agora em Traich, pois já a caminho de lá eu não fazia a menor idéia de quem estaria na casa, e não podia confiar na informação da dona da pousada, essa sempre fala demais, pensei, e como todas as donas de pousada, fala muita besteira, muita impropriedade. Pode até ser que a própria Duttweiler esteja já em Traich, pensei, seria o mais natural; isto é, que ao contrário de mim ela não tenha partido de Chur para Traich somente à noite, mas talvez à tarde ou mesmo já por volta do meio-dia. Quem mais haveria agora de tomar as rédeas em Traich a não ser a irmã?, pensei; estando Wertheimer já morto e enterrado em Chur, ela não tinha mais nada a temer da parte dele. O espírito que a atormentava está morto, seu destruidor se foi, não existe mais, nunca mais terá coisa alguma a lhe dizer. Como sempre, estava exagerando, e foi-me penoso ter que, de repente, caracterizar Wertheimer como o atormentador e destruidor de sua irmã; é assim que procedo sempre em relação aos outros, pensei, de forma injusta e até criminosa. Sempre sofri com esse meu caráter injusto, pensei. O sr. Duttweiler, que me pareceu tão repulsivo em nosso primeiro encontro e que provavelmente não é tão repulsivo assim, pensava eu agora, por certo não tem nenhum interesse em Traich, não tem o menor interesse nos interesses de Wertheimer, disse a mim mesmo; parece não ter interesse algum nos bens que Wertheimer deixou em Traich e em Viena, pensei, e se tem algum, o sr. Duttweiler está interessado apenas no dinheiro que Wertheimer deixou, e não no restante do legado wertheimeriano; a irmã é que teria que ter agora o maior dos interesses, porque não sou capaz de imaginar, pensei, que, ao se casar com o Duttweiler, ela tenha se separado tão radical e definitivamente do irmão a ponto de sua herança ser indiferente para ela; muito pelo contrário, eu supunha que justo agora, posta em liberdade, por assim dizer, pelo suicídio demonstrativo do irmão, é que ela de súbito passaria a se interessar por tudo o que tinha a ver com Wertheimer, e com a mesma intensidade com que até o presente não se interessara, e talvez venha mesmo a demonstrar interesse pelo *legado* do irmão às *ciências do espírito*. Em minha mente, como se diz, eu podia vê-la já em Traich, debruçada sobre as milhares, quando não centenas de milhares de anotações de seu irmão, estudando-as. Em seguida, porém, voltou a ocorrer-me que Wertheimer não deve ter deixado para trás uma única anotação, o que estaria mais de acordo com ele do que o chamado legado literário, com que nunca se importou, como sempre ouvi dele, ainda que eu não possa afirmar que ele falasse sério, pensei. Afinal, as pessoas que trabalham com a produção intelectual dizem com freqüência que não dão a mínima para essa produção, quando na verdade se importam sim, e muito, com ela, apenas não o admitem, porque se envergonham de uma tal insinuação, como a chamam; rebaixam, pois, o próprio trabalho para ao menos publicamente não terem que se envergonhar; no que diz respeito a suas chamadas ciências do espírito, Wertheimer pode muito bem ter se valido de uma tal manobra enganosa, pensei, o que seria bastante próprio dele. Sendo esse o caso, eu teria então oportunidade efetiva de pôr os olhos nesse seu trabalho intelectual, pensei. De repente, esfriou tanto que precisei erguer a gola do casaco. Vivemos nos perguntando pela causa das coisas e examinando uma possibilidade após a outra, pensei; que a morte de Glenn tenha sido a verdadeira causa da morte de Wertheimer é o que eu não parava de pensar, e não que essa causa tenha sido a ida da irmã para Zizers, para se juntar ao Duttweiler. Só não nos dizemos que a causa é sempre bem mais profunda, e ela está nas *Variações Goldberg* que Glenn tocou em Salzburgo, durante o curso com Horowitz, *a causa é o Cravo bem temperado*, pensei, e não o fato de a irmã de Wertheimer ter se separado de seu irmão aos quarenta e seis anos de idade. A irmã de Wertheimer é de fato inocente da morte do irmão, pensei; Wertheimer pretendeu deslocar para a irmã a culpa por seu suicídio, pensei, a fim de desviar a atenção do fato de que os culpados por seu suicídio, bem como pela catástrofe de sua vida de um modo geral, foram apenas as *Variações Goldberg* interpretadas por Glenn e seu *Cravo bem temperado*. Mas o início da catástrofe de Wertheimer tinha se dado já no momento em que Glenn Gould lhe disse que ele era *o náufrago*; aquilo que Wertheimer sempre soubera havia sido de súbito dito por Glenn, sem qualquer prevenção, devo dizer, à sua maneira américo-canadense; com *esse seu náufrago*, Glenn aplicou em Wertheimer o golpe fatal, pensei, e não porque Wertheimer estivesse ouvindo aquela palavra pela primeira vez, mas porque, *embora alheio à palavra* náufrago, *Wertheimer já estava familiarizado fazia tempo com esse conceito*, e Glenn Gould *pronunciou a palavra* náufrago *num momento decisivo*, pensei. Com uma palavra, aniquilamos uma pessoa, e isso sem que no momento em que pronunciamos a palavra aniquiladora essa pessoa a quem aniquilamos tenha conhecimento desse fato letal, pensei. Confrontada com uma tal palavra mortal, na qualidade de um conceito mortal, a pessoa ainda nem desconfia do efeito letal dessa palavra e de seu conceito, pensei. Antes mesmo de começar o curso do Horowitz, Glenn já havia dito a palavra *náufrago* a Wertheimer, pensei; eu seria capaz de precisar até mesmo a hora exata em que Glenn disse a Wertheimer a palavra *náufrago*. Dizemos uma palavra mortal a alguém e naturalmente não temos consciência naquele momento de que lhe dissemos uma palavra de fato mortal, pensei. Vinte e oito anos depois de Glenn ter dito a Wertheimer no Mozarteum que ele era um *náufrago*, e doze anos depois de tê-lo repetido nos Estados Unidos, Wertheimer se matou. Suicidas são ridículos, dizia Wertheimer com freqüência; aqueles que se enforcam são os mais repulsivos, dizia também; naturalmente, chama a atenção agora o fato de que ele falasse com tanta freqüência sobre os suicidas, mas sempre, devo dizê-lo, zombando deles em maior ou menor grau, sempre falando do suicídio e dos suicidas como se ambas as palavras não lhe dissessem respeito, estando tanto uma quanto a outra fora de cogitação no tocante a ele próprio. *Eu* era o suicida em potencial, dizia ele com freqüência, lembrei-me no caminho para Traich; *eu* estava em perigo, e não ele. Supunha também que a irmã fosse capaz de se suicidar, provavelmente porque era quem conhecia melhor a real situação dela, estava familiarizado como ninguém com sua absoluta falta de saída, pois, como vivia dizendo, acreditava ser capaz de enxergar aquela criatura por dentro. Contudo, em vez de se matar, a irmã foi para a Suíça se juntar ao Duttweiler, casou-se com o sr. Duttweiler, pensei. No fim, Wertheimer se matou, e o fez da maneira que sempre considerou repugnante e repulsiva, justo na Suíça; a irmã, portanto, foi para a Suíça não para se matar, mas para se casar com o rico Duttweiler das indústrias químicas, enquanto ele próprio foi para lá para se enforcar numa árvore em Zizers, pensei. Quis estudar com Horowitz, pensei, e foi aniquilado por Glenn Gould. Glenn morreu naquele que *Wertheimer* considerou o *momento ideal*; Wertheimer, porém, não se matou no momento ideal para si próprio, pensei. Se eu de fato vier a tentar novamente escrever meu retrato de Glenn Gould, pensei, terei que incluir nele o *seu* retrato de Wertheimer também; difícil dizer quem ocupará o centro dessa descrição, se Glenn Gould ou Wertheimer, pensei. Meu ponto de partida será Glenn Gould, as *Variações Goldberg*, o *Cravo bem temperado*, mas no que me concerne, Wertheimer vai desempenhar um papel decisivo nesse retrato, porque para mim Glenn Gould sempre esteve ligado a Wertheimer, em todos os aspectos, assim como Wertheimer a Glenn Gould, e afinal talvez Glenn Gould tenha desempenhado papel mais importante na vida de Wertheimer do que o contrário. O verdadeiro ponto de partida há de ser o curso do Horowitz, pensei, a casa do escultor em Leopoldskron, o fato de, por caminhos totalmente diversos e independentes um do outro, termos nos encontrado vinte e oito anos atrás, de forma tão decisiva para nossas vidas, pensei. O Bösendorfer de Wertheimer contra o Steinway de Glenn Gould, pensei; as *Variações Goldberg de Glenn Gould contra a Arte da fuga de Wertheimer*, pensei. Glenn Gould com certeza não deve a Horowitz sua genialidade, mas Wertheimer pode tranqüilamente responsabilizar *Horowitz* por sua destruição e aniquilação, pensei, pois foi atraído a Salzburgo pelo nome Horowitz, sem o qual ele jamais teria ido para lá, ou pelo menos não naquele ano fatídico para ele. Embora as *Variações Goldberg* tenham sido compostas com o único propósito de tornar a insônia suportável para alguém que sofreu de insônia a vida toda, pensei, elas mataram Wertheimer. Compostas originalmente *para o deleite da alma*, elas, quase duzentos e cinqüenta anos mais tarde, mataram um homem desesperado, o próprio Wertheimer, pensei a caminho de Traich. Se vinte e oito anos atrás Wertheimer não tivesse passado pela sala 33 do primeiro andar do Mozarteum, precisamente às quatro horas da tarde, como bem me lembro, ele não teria se enforcado vinte e oito anos depois em Zizers, nas proximidades de Chur, pensei. O azar de Wertheimer foi ter passado pela sala 33 do Mozarteum precisamente no momento em que, naquela sala, Glenn Gould estava tocando a chamada *Aria*. Wertheimer me contou sobre essa sua experiência que ficou parado na porta da sala 33 ouvindo Glenn tocar até o final da *Aria*. Entendi então com clareza o que é um choque, pensei comigo agora. Wertheimer e eu não conhecíamos Glenn Gould, o chamado menino-prodígio, e tampouco o teríamos levado a sério se tivéssemos ouvido falar dele, pensei. Glenn Gould não foi um menino-prodígio, mas desde o começo um gênio do piano, pensei; a maestria não lhe bastara nem mesmo quando criança. Nós, Wertheimer e eu, tínhamos nossas casas e nosso isolamento no campo, e fugimos dele. Glenn Gould construiu para si próprio uma jaula de isolamento, que é como chamava seu estúdio, nos Estados Unidos, perto de Nova York. Se ele chamou Wertheimer de *náufrago*, eu o chamaria — a ele, Glenn — de o *não-aceitador*, pensei. Tenho, porém, que caracterizar o ano de 1953 como *fatídico* para Wertheimer, pois nesse ano, na nossa casa de escultor em Leopoldskron, Glenn Gould tocou para Wertheimer, para mim e para mais ninguém as *Variações Goldberg*, anos antes de com essas mesmas *Variações Goldberg* se tornar de súbito mundialmente famoso. Glenn Gould aniquilou Wertheimer em 1953, pensei. Ao longo de 1954, não ouvimos falar dele, e em 1955 ele tocou as *Variações Goldberg* no *Festspielhaus*; Wertheimer e eu o ouvimos tocar da gambiarra, na companhia de uma série de técnicos que nunca tinham ouvido um concerto para piano, mas ficaram entusiasmados com o piano de Glenn. Glenn, como sempre *banhado em suor*; Glenn, o américo-canadense que sem qualquer cerimônia chamou Wertheimer de *náufrago*; Glenn, que riu no *Ganshof* como eu jamais tinha ouvido e nunca mais voltei a ouvir um homem rir, pensei, comparando-o a Wertheimer, que foi sempre e totalmente o oposto de Glenn Gould, embora eu não seja capaz de descrever esse oposto, mas vou tentar, pensei, quando recomeçar meu *Ensaio sobre Glenn Gould*. Vou me trancar na calle del Prado, escrever sobre Glenn e, por si só, a figura de Wertheimer vai se fazer mais nítida para mim, pensei. Escrevendo sobre Glenn Gould, vou adquirir clareza acerca de Wertheimer, pensei a caminho de Traich. Eu caminhava rápido demais e por isso fiquei sem fôlego, meu velho mal, de que venho sofrendo já faz mais de duas décadas. Escrevendo sobre um (Glenn Gould), vou poder ver com mais clareza o outro (Wertheimer), pensei; ouvindo sempre as *Variações Goldberg* (e *A arte da fuga*) de um (Glenn) para depois poder escrever sobre elas, vou saber cada vez mais sobre a arte (ou não-arte!) do outro (Wertheimer), e vou poder também tomar minhas notas a respeito, pensei, e de repente senti saudades de Madri e da minha calle del Prado, de meu lar espanhol, como jamais senti saudades de lugar nenhum. No fundo, aquela caminhada até Traich era deprimente, e não me saía da cabeça que ela seria também infrutífera. Ou *não tão infrutífera assim* como eu pensava no momento, pensei, e apertei o passo rumo a Traich. O pavilhão de caça eu conhecia, não mudou nada, foi minha primeira impressão; a segunda foi que aquela deveria ser a casa ideal para um homem como Wertheimer, e, no entanto, nunca tinha sido a casa ideal para ele, muito pelo contrário. Assim como minha Desselbrunn nunca foi o ideal para mim: foi e é, pensei eu, o oposto disso, ainda que tudo indicasse ser Desselbrunn o lugar ideal para mim (e para os que são como eu). Vemos uma casa e acreditamos que ela seja o ideal para nós (e para os que são como nós), quando na verdade ela absolutamente não é o ideal para nossos propósitos e para os propósitos daqueles que são como nós, pensei. Do mesmo modo como sempre vemos uma pessoa como a ideal para nós, quando na verdade ela pode ser tudo, menos a pessoa ideal para nós, pensei. Minha suposição de que Traich estaria fechada não se verificou; o portão do jardim estava aberto, como aberta estava inclusive a porta da casa, conforme vi de longe, e me pus logo a atravessar o jardim e a porta. O lenhador Franz (Kohlroser), que eu conhecia, saudou-me. Somente hoje de manhã ele tinha ficado sabendo do suicídio de Wertheimer, estavam todos horrorizados, ele disse. A irmã de Wertheimer anunciara sua chegada para o dia seguinte, ele disse, a sra. Duttweiler. Convidou-me a entrar, tinha aberto todas as janelas para deixar circular o ar fresco, disse; por infelicidade, seu colega tinha viajado para Linz por três dias e ele estava sozinho em Traich, *uma sorte o senhor ter vindo*, ele me disse. Perguntou se eu queria água, lembrou-se de imediato que eu só bebia água. Não, respondi, agora não, tinha tomado chá na pousada em Wankham onde pretendia passar a noite. Wertheimer, como sempre, se ausentara por dois ou três dias, mas *dissera* que iria para a casa da irmã em Chur, o Franz me contou. Não tinha percebido nada de estranho ou anormal em Wertheimer, o Franz disse, quando ele partira de Traich no carro que fora dirigindo até Attnang Puchheim, com certeza o carro ainda estava lá, na praça defronte à estação ferroviária. Pelas contas de Franz, fazia exatamente doze dias que seu patrão tinha viajado para a Suíça, e onze que estava morto, como ficara sabendo somente por mim. *Enforcado*, eu lhe dissera. Ele, Franz, temia que agora, com a morte de Wertheimer, seu empregador, tudo fosse mudar em Traich, ainda mais porque a sra. Duttweiler era *uma pessoa estranha*; não disse que temia a chegada da sra. Duttweiler, mas deu a entender que tinha medo de que sob a influência do suíço, seu marido, ela viesse a mudar tudo em Traich, pode ser que ela venda a casa, o Franz disse, pois o que haveria de fazer com ela, uma vez que tinha se casado na Suíça, e ainda por cima com um homem tão rico. Traich sempre fora, afinal, a casa de seu irmão, tinha sido ampliada, decorada e equipada inteiramente de acordo com os propósitos dele, e de tal modo que não seria do gosto de nenhuma outra pessoa, como eu acreditava: era, à maneira wertheimeriana, só para ele. A irmã de Wertheimer jamais tinha se sentido bem em Traich, e o irmão, segundo Franz, nunca a deixara *se impor* ali, todos os desejos dela relativos à casa nunca tinham sido satisfeitos por ele, as idéias dela de modificar as coisas de acordo com seu gosto, ele, Wertheimer, sempre as havia matado na raiz, sempre *atormentando-a, pobrezinha*, nas palavras do Franz. A Duttweiler só podia mesmo odiar Traich, supôs, já que segundo Franz nunca tinha passado um único dia feliz ali. Ele se lembrava de que, certa vez, sem perguntar ao irmão se podia fazê-lo, ela abrira as cortinas do quarto dele, e ele, furioso, escorraçou-a de lá. Se queria receber convidados, ele a proibia, o Franz disse, ela não podia nem mesmo se vestir como queria, tinha sempre que pôr as roupas que *ele* queria vê-la vestir, nunca podia usar seu chapéu tirolês, nem mesmo quando o frio era intenso, porque o irmão odiava chapéus tiroleses, e odiava, como eu mesmo bem sei, tudo que tivesse a ver com trajes típicos, jamais tendo usado ele próprio qualquer roupa que lembrasse ainda que vagamente um traje típico; assim, era natural que logo chamasse a atenção por ali, na região, porque todos ali vestiam sempre trajes típicos, sobretudo os de lã tirolesa, que são de fato a vestimenta ideal para as condições climáticas tão terríveis da região pré-alpina; o traje típico, bem como tudo que tivesse alguma semelhança com ele, era-lhe profundamente repugnante. Uma vez, quando a irmã pediu permissão a ele para ir com uma vizinha a um baile de Primeiro de Maio no chamado *Bäckerberg*, ele a proibiu, o Franz disse. E da companhia do padre, ela evidentemente tivera que abrir mão, porque Wertheimer odiava o catolicismo, ao qual, nos últimos anos, como eu devia saber, a irmã se entregara por completo. Um de seus hábitos era mandar a irmã vir até o seu quarto no meio da noite para, no velho harmônio que havia ali, tocar um pouco de Händel — sim, *Händel*, foi o que o Franz disse. À uma ou às duas da manhã, a irmã precisava se levantar, vestir o roupão, ir até o quarto dele, sentar diante do harmônio e tocar Händel no quarto gelado, o Franz disse, o que naturalmente, prosseguiu ele, fazia com que ela se resfriasse e sofresse de resfriados constantes em Traich. Ele, Wertheimer, não tratava bem da irmã, o Franz disse. Fazia-a tocar uma hora de Händel no velho harmônio, o Franz disse, e de manhã, à mesa do café, que ambos tomavam na cozinha, dizia-lhe que ela havia tocado o harmônio de forma insuportável. Ele a mandava tocar para conseguir dormir de novo, o Franz disse, pois o senhor Wertheimer tinha sempre sofrido de insônia, e depois, de manhã, dizia-lhe que ela havia tocado *feito uma vaca*. Wertheimer sempre tivera de obrigar a irmã a vir para Traich; ele, Franz, acreditava até mesmo que Wertheimer a odiava, mas não podia viver sem ela em Traich, e eu me pus a pensar que Wertheimer tinha sempre falado em ficar sozinho sem de fato ser capaz de fazê-lo, não era *homem de ficar sozinho*, pensei, por isso sempre levou consigo para Traich a irmã — que, aliás, embora odiasse como nenhum outro ser na face da terra, amava —, e a levava com ele para, à sua maneira, *usar e abusar* dela. Quando fazia muito frio, o Franz contou, ele mandava a irmã vir aquecer seu quarto, ao mesmo tempo em que não permitia que o dela fosse aquecido. Seus passeios, ela só podia fazê-los na direção prescrita pelo irmão e também na extensão definida por ele, e precisava ainda se ater com exatidão ao tempo determinado por ele para tais passeios, segundo o Franz. A maior parte do tempo, o Franz disse, ela ficava sentada em seu quarto, mas não lhe era permitido ouvir música, porque o irmão não suportava, não suportava que ela pusesse um disco, o que ela adoraria fazer. Ele, Franz, lembrava ainda muito bem da infância dos dois Wertheimer, quando ainda chegavam felizes a Traich, crianças alegres, dispostas a tudo, segundo o Franz. O pavilhão de caça era o lugar onde os dois mais gostavam de brincar. Na época em que os Wertheimer moraram na Inglaterra, durante o nazismo, segundo Franz, época em que um administrador nazista morou em Traich, reinara ali um silêncio angustiante; toda Traich foi se degradando por essa época, e nada foi consertado, porque o administrador não se preocupava com coisa alguma, um conde nazista decadente tinha morado ali, que não entendia nada de nada, segundo Franz, e o tal conde nazista *quase arruinara* Traich. Depois que os Wertheimer voltaram da Inglaterra, primeiro para Viena e somente bem mais tarde para Traich, segundo Franz, passaram a viver bastante recolhidos, sem qualquer contato com as pessoas da região. Ele, Franz, voltara a trabalhar para eles, pois os Wertheimer, segundo Franz, sempre tinham pagado bem e *tido em boa conta* sua fidelidade durante o governo nazista e durante todo o período em que haviam morado na Inglaterra. O fato de, durante a chamada época nazista, ele ter se preocupado mais com Traich do que seria do agrado dos nazistas rendera-lhe, segundo Franz, não apenas uma advertência das autoridades nazistas, como também dois meses de prisão em Wels; desde então, detestava Wels, não ia mais lá, nem mesmo na época das festas populares. *O senhor Wertheimer não queria saber de deixar a irmã ir à igreja*, o Franz disse, mas ela ia *às escondidas, para a oração noturna*. Os pais dos Wertheimer não tinham aproveitado muito de Traich, disse o Franz, com quem eu me encontrava na cozinha, de pé: haviam morrido muito cedo, no acidente. O velho Wertheimer não queria viajar para Meran, mas *ela* quis, ele disse. O carro só foi encontrado duas semanas depois de ter mergulhado no desfiladeiro perto de Brixen, ele disse. Os Wertheimer tinham parentes em Meran, pensei. O bisavô de Wertheimer o tinha contratado — a ele, Franz — para trabalhar em Traich, ele disse. Também para seu pai o emprego com os Wertheimer havia sido um emprego para a vida toda. Os patrões sempre tinham sido bons com eles todos, nunca tinham feito nada de errado, de modo que, naturalmente, segundo Franz, tampouco os empregados jamais tinham dado motivo para repreensões. Não podia imaginar o que seria de Traich agora. Franz quis saber o que eu pensava do sr. Duttweiler, e eu apenas balancei a cabeça. Provavelmente, o Franz disse, a irmã de Wertheimer virá para Traich para vender a casa. Não acredito, respondi, não posso imaginar de modo algum que a Duttweiler venha a vender Traich, embora eu achasse bem possível que ela estivesse pensando em vender, mas não disse a Franz o que eu pensava: disse claramente que não acreditava que a Duttweiler fosse vender Traich, o que na verdade não era o que eu pensava. Quis tranqüilizar o Franz, que, claro, estava preocupado em perder o emprego da sua vida. É possível que a Duttweiler, a irmã de Wertheimer, venha para Traich e simplesmente venda tudo, e é provável que o faça com a máxima rapidez, pensei, mas disse ao Franz que estava convencido de que a irmã de Wertheimer, *a irmã do meu amigo*, enfatizei, não iria vender Traich; eles têm tanto dinheiro, os Duttweiler, eu disse ao Franz, que não precisam vender Traich, mas o que eu estava pensando era que, precisamente porque têm tanto dinheiro, eles talvez estejam pensando apenas em se desfazer de Traich o mais rápido possível; não vão vender Traich, foi o que eu disse, mas o que pensei foi que talvez vendessem tudo de imediato, e disse ao Franz que ele podia estar certo de que não mudaria nada em Traich, quando na verdade acreditava que provavelmente tudo iria mudar ali. A Duttweiler vai chegar e acertar tudo o que há para acertar, disse ao

Franz, vai tomar posse da herança, e perguntei a ele se ela viria sozinha ou com o marido. Isso ele não sabia, porque ela não tinha dito. Tomei um copo d'água e, enquanto bebia, me ocorreu que tinha sempre tomado ali a melhor água da minha vida. Antes de viajar para a Suíça, Wertheimer passara duas semanas convidando um monte de gente para vir a Traich, tinham sido necessários dias para que ele, Franz, e seu colega pusessem tudo em ordem de novo; vienenses, o Franz disse, que jamais haviam estado em Traich mas que, ao que tudo indicava, eram bons amigos de seu patrão. A dona da pousada já me contou sobre esse pessoal, eu disse, que essa gente ficou andando aí pela região, artistas, eu disse, provavelmente músicos, e me pus a pensar se esses artistas e músicos não seriam antigos colegas de escola de Wertheimer, colegas de curso superior, por assim dizer, da época da academia em Viena e Salzburgo. No fim, lembramos de todos aqueles que freqüentaram a escola conosco e os convidamos apenas para constatar que não temos mais nada em comum com eles, pensei. Também a mim Wertheimer convidou, pensei por um momento, e com que inexorabilidade! Pensei em suas cartas, e acima de tudo no último cartão que ele mandara para Madri; tinha agora, naturalmente, a consciência pesada, pois me vi incluído também no contexto desse seu *convite aos artistas*, mas Wertheimer não me dissera nada sobre toda aquela gente, pensei, e com todas aquelas pessoas em Traich, eu não teria vindo de modo algum, disse a mim mesmo. Fico imaginando o que terá acontecido com Wertheimer para que ele, que jamais convidava ninguém para vir a Traich, tenha de súbito convidado dúzias de pessoas, ainda que fossem seus ex-colegas de curso, os quais, aliás, sempre odiou; sempre se podia sentir no mínimo desprezo quando ele falava desses seus ex-colegas, pensei. O que a dona da pousada apenas sugerira — e ela não podia mesmo saber mais do que vira, ou seja, aquela gente fantasiada de artista, trajando suas roupas extravagantes de artistas, andando, rindo e por fim fazendo bagunça pela região —, fez-se de repente claro para mim: Wertheimer convidou seus ex-colegas de curso e não os escorraçou de imediato, mas os deixou extravasar dias, semanas em Traich, *contra sua própria pessoa*. Um fato que só podia me parecer inteiramente incompreensível, pois Wertheimer passou décadas sem nem querer saber de seus ex-colegas, sem jamais querer nem mesmo ouvir falar deles, de forma que nunca, nem mesmo em sonho, lhe teria ocorrido convidá-los para vir a Traich, o que, no entanto, estava claro que tinha feito, e naturalmente, pensei, alguma conexão há entre esse convite absurdo e seu suicídio. Aquela gente havia estragado muita coisa em Traich, o Franz disse. Em sua companhia, Wertheimer havia se comportado com *desenvoltura*, o que, aliás, chamara a atenção do Franz; mostrara-se inteiramente mudado ao longo daqueles dias, daquelas semanas, na companhia daquelas pessoas. Ademais, o Franz disse também que elas haviam permanecido em Traich por mais de duas semanas, deixando-se sustentar por Wertheimer — e *sustentar* foi de fato a palavra que ele usou, exatamente a mesma que a dona da pousada tinha empregado em relação àquela gente de Viena. Depois que todos foram embora, sem ter dado sossego uma noite sequer e tendo se embebedado todos os dias, Wertheimer deitara-se na cama para não levantar mais por dois dias e duas noites, segundo Franz, que nesse meio-tempo tinha precisado limpar a sujeira daquela gente da cidade e colocar a casa toda numa *condição digna de um ser humano*, a fim de que quando voltasse a se levantar, o senhor Wertheimer fosse poupado da visão da devastação de Traich, segundo Franz. O que, porém, tinha chamado a atenção do Franz em especial, ou seja, o fato de Wertheimer ter mandado vir um piano de Salzburgo, para poder tocar, com certeza me pareceu importante. Na véspera da chegada do pessoal de Viena, Wertheimer *encomendara* um piano em Salzburgo, mandara trazer o instrumento até Traich e pusera-se a tocá-lo, primeiro só para si, depois, já presentes as pessoas todas, para elas; tinha tocado Bach, o Franz disse, Händel e Bach, o que não fazia havia mais de uma década. Segundo o Franz, Wertheimer se pôs a tocar Bach sem parar, a ponto de as pessoas não agüentarem mais e saírem de casa. Quando retornavam, ele começava de novo a tocar Bach, até que elas voltavam a sair. Talvez quisesse enlouquecê-las com seu piano, o Franz disse, pois mal chegavam, ele se punha a tocar Bach e Händel até elas fugirem, iam para o ar livre e quando voltavam tinham que suportar seu piano novamente. E assim foi por duas semanas, disse o Franz, que logo começou a pensar que o patrão tinha enlouquecido. Acreditara que os convidados não iriam agüentar Wertheimer tocando piano sempre e sem parar, mas acabaram todos, sem exceção, permanecendo ali por duas semanas, *por mais de duas semanas*; ele, Franz, tendo visto que Wertheimer de fato enlouquecera seus convidados com o piano, suspeitava que o patrão os havia subornado, dado dinheiro a eles para que permanecessem em Traich; ou seja, sem *uma soma em dinheiro*, segundo Franz, eles não teriam ficado mais de suas semanas em Traich, deixando-se enlouquecer pelo piano de Wertheimer, e eu pensei comigo que o Franz provavelmente estava certo nessa sua afirmação; Wertheimer tinha dado dinheiro àquelas pessoas, subornara de fato aquela gente, se não com dinheiro, com certeza com alguma outra coisa, para que todos ficassem duas semanas, *mais* de duas semanas ali. Sim, pois, com certeza ele quis que elas ficassem mais de duas semanas em Traich, pensei, ou elas não teriam ficado mais de duas semanas; conheço Wertheimer bem demais para deixar de supor que ele tenha feito esse tipo de pressão, pensei. Sempre Bach e Händel, sem parar, o Franz disse, *até perder a consciência*. Por fim, Wertheimer mandou servir a todos um *jantar principesco*, nas palavras de Franz, na grande sala de jantar, e lhes disse que deveriam sumir dali na manhã seguinte; ele, Franz, ouvira com seus próprios ouvidos Wertheimer dizer que não queria mais vê-los na manhã seguinte. E, de fato, tinha mandado chamar táxis em Attnang Puchheim para todos eles, sem exceção, e, aliás, já para as quatro horas da manhã seguinte, e partiram todos nos táxis, deixando a casa num estado catastrófico. Ele, Franz, pusera-se de pronto e sem rodeios a limpar a casa, não podia saber, disse, que seu patrão permaneceria na cama ainda por dois dias e duas noites, o que, no entanto, tinha sido bom, porque Wertheimer precisava daquele descanso e sem dúvida, segundo Franz, teria tido um derrame se tivesse visto o estado em que haviam deixado a casa, tinham até mesmo *destruído* propositadamente algumas peças da mobília, o Franz contou, virando cadeiras e até mesas antes de deixar Traich, quebrando alguns espelhos e portas de vidro, provavelmente por arrogância, segundo Franz, de raiva por terem sido usados por Wertheimer, pensei eu. Com efeito, como pude ver ao subir com o Franz para o primeiro andar, lá estava agora um piano, onde antes, fazia já uma década, não havia mais piano algum. Eu estava interessado nas anotações de Wertheimer, havia dito ainda lá embaixo, na cozinha, ao Franz, que então, sem hesitar, conduziu-me ao piso de cima. O piano era um *Ehrbar*, não valia nada. E estava, como constatei de pronto, totalmente desafinado, um instrumento única e exclusivamente para diletantes, pensei. Virando-me, disse ainda ao Franz, que estava atrás de mim: *única e exclusivamente um instrumento para diletantes.* Eu não conseguira me controlar e tinha me sentado ao piano, mas tornara a fechar-lhe a tampa de imediato. Estava interessado nas anotações que Wertheimer havia escrito, disse ao Franz, perguntando-lhe se sabia me dizer onde elas estavam. Não sabia de que anotações eu estava falando, o Franz disse, para, no entanto, relatar em seguida que no dia em que encomendara o piano em Salzburgo, *no Mozarteum,* disse, isto é, na véspera da chegada a Traich dos convidados, que tinham devastado praticamente tudo por ali, Wertheimer queimara um monte de anotações na chamada lareira de baixo, ou seja, na lareira da sala de jantar. Ele, Franz, tinha ajudado o patrão, pois as pilhas de anotações eram tão grandes e pesadas que o próprio Wertheimer não conseguira arrastá-las sozinho para baixo. Tinha retirado milhares de anotações de todas as gavetas e armários e, junto com ele, Franz, as havia arrastado para a sala de jantar, a fim de queimá-las; apenas para esse propósito de queimar as anotações, mandara o Franz acender a lareira da sala de jantar já às cinco da manhã daquele dia, segundo o Franz. Queimadas todas as anotações, *todos os escritos*, nas palavras de Franz, Wertheimer telefonara para Salzburgo para encomendar o piano, e o Franz se lembrava muito bem de que, ao telefone, seu patrão tinha enfatizado diversas vezes que deveriam mandar para Traich *um piano bem vagabundo e horrorosamente desafinado. Um instrumento bem vagabundo, horrorosamente desafinado*, teria repetido Wertheimer diversas vezes ao telefone, segundo o Franz. Horas mais tarde, quatro pessoas entregavam o piano em Traich, colocando-o na antiga sala de música, segundo o Franz, e Wertheimer tinha dado aos homens que colocaram o piano na sala de música *uma gorjeta monumental, dois mil xelins*, se ele não estava enganado, e não estava enganado, afirmou. Os entregadores nem haviam saído ainda, o Franz disse, e Wertheimer já tinha se sentado ao piano e começado a tocar. Foi horrível, o Franz disse. Ele, Franz, teve a impressão de que o patrão havia enlouquecido. Mas não queria acreditar que Wertheimer ficara louco e não levou a sério o comportamento de fato estranho do patrão. Caso eu tivesse algum interesse, o Franz me disse, ele descreveria para mim os dias e as semanas que então se sucederam em Traich. Pedi ao Franz que me deixasse sozinho por um tempo no quarto de Wertheimer, e pus para tocar as *Variações Goldberg* de Glenn, que já tinha visto no toca-discos ainda aberto de Wertheimer.

2ª EDIÇÃO [2006] 6 reimpressões

ESTA OBRA FOI COMPOSTA POR TÂNIA MARIA DOS SANTOS
EM ELECTRA E IMPRESSA PELA GRÁFICA PAYM EM OFSETE
SOBRE PAPEL PÓLEN BOLD DA SUZANO S.A. PARA A
EDITORA SCHWARCZ EM NOVEMBRO DE 2024

A marca FSC® é a garantia de que a madeira utilizada na fabricação do papel deste livro provém de florestas que foram gerenciadas de maneira ambientalmente correta, socialmente justa e economicamente viável, além de outras fontes de origem controlada.